CLASSIC

當代大師
文學經典

格蘭德大媽的葬禮

Los funerales de la Mamá Grande

Gabriel García Márquez
加布列・賈西亞・馬奎斯 —著
葉淑吟—譯

導讀——

於無聲處聽驚雷

作家／盧郁佳

在慵懶迷人的熱帶景觀、鮮活的庶民日常情景下，馬奎斯《格蘭德大媽的葬禮》隱藏了洶湧的烈怒，沸騰的火光。藏得太深，以致讀者若認不出，會嫌其沉悶；一旦讀出草蛇灰線埋藏的真意，瞬間會悚慄惡寒。

〈這段日子的某一天〉牙醫幫村長拔牙，故意不麻醉報仇……等於《史記．刺客列傳》荊軻、專諸、豫讓行刺的自殺舉動，對牙醫自己沒好處，為何要做？

〈巴勒塔薩爾的美妙午後〉為什麼木匠有錢不賺，自願倒賠又破財，是要怪誰？

在極權之下，服從權威可趨吉避凶，叛逆、傲氣、反骨被視為意氣用事，只會吃虧、惹禍。馬奎斯《百年孤寂》獲頒諾貝爾文學獎，理由「馬奎斯永遠為弱小貧窮者請命，而反抗內部的壓迫與外來的剝削」。什麼叫為弱小貧窮者請命，當時我只知道《愛的教育》歌頌窮人忍耐、孝順、安貧、勤奮、自我犧牲，以道德聖潔自豪。但馬奎斯與此背道而馳，《愛的教育》美化窮人的方式，在他看來應該就是壓迫和剝削。

〈禮拜二的午睡時刻〉開頭，富商寡婦蕾貝卡夫人在家槍殺小偷青年。臺灣社會新聞中，屋主打死小偷，網民多數挺屋主。然而本篇連同〈巴勒塔薩爾的美妙午後〉、〈蒙堤耶的寡婦〉、〈禮拜六過後的某一天〉，反覆強調富商豪宅「堆滿雜物」、「堆滿各種物品」，〈格蘭德大媽的葬禮〉格蘭德大媽府邸也堆滿衣箱雜物。反襯小偷沒鞋穿、沒皮帶，牙齒全無。

先呈現貧富懸殊，再帶出貧富的原因。〈禮拜二的午睡時刻〉小偷的媽媽、妹妹掃小偷的墓，神父怪她沒把兒子教好，全村來堵她了，媽媽不但不跪，還肯定小偷兒子善良、打拚，自豪她教兒子盜亦有道，「絕不要去偷沒飯吃的人」；對比〈巴勒塔薩爾的美妙午後〉富商「沒有不能賣的東西」，愛錢不愛兒子，木匠愛人勝於愛錢。

木匠、小偷道德有下限。富商、大媽家裡堆滿贓物，是沒下限來的。

富商妻子「深受死亡的念頭折磨」，顯然是《沒有人寫信給上校》裡的富商妻子，整天恐懼死亡。〈蒙堤耶的寡婦〉說富商妻子祈禱五年，只求槍聲不再響。但〈禮拜二的午睡時刻〉她槍殺小偷，說自波恩地亞上校時代後，那把槍就沒擊發過。那麼五年來是誰在開槍？

原來每篇貧富衝突是表面，用來鋪陳全局懸疑，線索指向五年前的真相，海面下的冰山，每件事都與此有關。〈這段日子的某一天〉村長殺了二十個人，比拔牙嚴重太多，怎麼只用牙醫一句話帶過？因為要用全書點滴透露。

〈蒙堤耶的寡婦〉劈頭就說：「荷西．蒙堤耶斷氣時，除了他的遺孀，每個人都覺得終於報了仇。」「所有人都期盼他在某次埋伏中被人從背後開槍打死」。兒子移民德國不歸，怕回家被槍殺。〈巴勒塔薩爾的美妙午後〉說富商睡覺不開電扇，專為監視屋裡的動靜。所以富商到底幹了什麼？

原來不是寫富商之死，是借妻子對富商罪行的視而不見與合理化，寫廣大順民的自我洗腦，不看、不聽。然而富商死後，妻子失勢，女兒來信抱怨沒法住在老家這種政治壓迫人民的地方，妻子贊同。女兒聊到巴黎市場賣豬肉，「把最大朵和最漂亮的康乃馨插在豬的屁眼上」，暗示富商是豬、財富是康乃馨，狠酸不義之財，妻子微笑。妻子看懂了嗎？她認同哪一邊？也許她偶爾清醒，過後又忘，已意識不到衝突。

格蘭德大媽為什麼回答富商妻子「手臂無力時就會死」？也許因為，妻子舉起手臂，就是要矇住自己的眼睛。等妻子無法再自欺時，她就死了。

一八九〇年，美國商人在哥倫比亞設立聯合水果公司種香蕉，曾占全球香蕉銷售八成。一九二八年，該公司因為如 foodpanda、Uber Eats 等外送平臺以承攬代替雇傭、規避勞動法，又巧立名目扣薪，兩萬五千人罷工。該公司遂透過美國政府，施壓哥倫比亞政府屠殺工人，史稱香蕉大屠殺。

〈禮拜六過後的某一天〉中，神父從前每天看火車載香蕉進站。工人遭槍殺、結束香蕉園後，一百四十節火車消失了，但他還是每天來。表示神父不是看火車，是假裝一切沒變。

小說提到青年住進「馬康多旅館」。那是他這一輩子都不該看的招牌」，為什麼不該看？《百年孤寂》第十七章說：兩百節車廂載滿屍體每天傍晚從馬康多開出，開往海邊，車站的三千四百零八人死光了。有人惋惜香蕉公司離開後，馬康多殘破。奧雷里亞諾回答，馬康多原本繁榮進步，香蕉公司來了，使馬康多腐敗、被壓制，香蕉公司向工人承諾卻食言，軍隊機槍掃射困在車站的三千多個工人，搬上火車，載去海邊棄屍。官方說法和課本上的歷史是什麼事都沒發生，所以大家認為奧雷里亞諾說的是錯覺。

原來小偷會窮到去偷富商、偷撞球間，是因為馬康多因大屠殺而工商凋敝。馬康多旅館的招牌，是血腥的記號。除了奧雷里亞諾，無人敢逼視。

〈格蘭德大媽的葬禮〉葬禮寫得像十層蛋糕般華麗，反襯裡面都是腐臭蟲蛆。法律不准總統出席格蘭德大媽的葬禮，總統花了數月突破，居然要修憲才成行。哪國法律會禁止總統赴葬禮致哀，總統又為何非去不可？原來格蘭德大媽手握馬康多全區選票。等到總統與教宗在葬禮上會合，原來是對應〈禮拜二的午睡時刻〉小偷的媽媽和妹妹掃墓。貴賤懸殊，都去了不准他們出席的葬禮。

這把全書三場葬儀串了起來：打算進富商家行竊的小偷，中間階層的富商本人，縣市山頭的格蘭德大媽。運鏡從階級底層，層層上移，窺看權力頂峰。格蘭德大媽叱吒風雲，操縱選舉和神職交易，還自組民兵。那麼香蕉大屠殺時格蘭德大媽在幹嘛？村長、富商在幹嘛？是阻止過？還是裝聾作啞坐視悲劇發生，從中牟利？

得知神父宣稱看到了「流浪的猶太人」，富商的寡婦說：現在我終於懂了為什麼鳥要撞死在地了。原來寫死鳥是寫大屠殺的屍體。寫富商寡婦、神父五年來形同活死人、三年來腦袋空白，對鳥屍視而不見、錯誤歸因、無法聯想產生意義、思緒混亂，都在寫他們長期否認大屠殺。寫旅館老闆娘生怕女孩向外人提起鳥屍，是寫對大屠殺諱莫如深。而寫香蕉列車，也是寫屍體列車。富商寡婦其實一直都是〈玫瑰假花〉的瞎眼祖母，了然於心。

如果《愛的教育》歌頌窮人安貧樂道，那是假裝統治貪腐不必為全民均貧負責。〈格蘭德大媽的葬禮〉寫大媽遺言提防人們來守靈是想偷東西；結果她的棺材剛抬出家門，眾人就拆門、挖地基、瓜分房子。對比〈村裡沒小偷〉傳言撞球間「那棟屋子怎麼被拆卸，一件接著一件，連撞球桌都給搬走了」，顯示竊鉤者誅，竊國者侯，撞球間老闆、權貴家族監守自盜無人管，栽贓外人，儘管大媽權力改朝換代，都還是窮人倒楣。全書徹底反轉了小偷為惡、富商家庭無辜的表面常識，對體制掠奪人命財產做出道德批判。

馬奎斯是以小說刺秦的牙醫，將鳥籠獻給孩子的木匠。英國詩人狄蘭．湯瑪斯說：「不要溫馴地步入良夜。白晝將盡，就算年老，也要燃燒且咆哮。憤怒吧，憤怒地抗拒天光將滅。」《格蘭德大媽的葬禮》是荒野長夜中寂靜的咆哮，如魯迅詩「心事浩茫連廣宇，於無聲處聽驚雷」，白色恐怖噤聲年代的橫空驚雷。

獻給神聖的鱷魚

目錄

禮拜二的午睡時刻

La siesta del martes

火車駛出崎嶇的棕紅色岩石通道，進入景致對稱的香蕉園，放眼望去看不到盡頭，空氣中的溼氣開始轉而濃重，海風的氣味消失無蹤。一股窒悶的煙霧從車窗飄進車廂。旁邊有一條與鐵路平行前進的狹窄道路，路上有牛車，車上載運成串的綠葡萄。道路的另外一側，在那一片非播種季節的空地上，有裝電風扇的辦公室，紅磚頭砌成的兵營，和半掩在茂密的棕櫚樹和玫瑰叢之間的住宅，屋前的露臺上擺著白色桌椅。這時是早上十一點，天氣還沒開始轉熱。

「妳還是拉上玻璃窗吧。」女人說。「不然頭髮都會是煤煙味。」

小女孩想拉上窗戶，不過百葉窗生鏽了，卡住不動。

她們是簡陋的第三等艙車廂僅有的旅客。火車頭冒出的煙霧繼續飄進車窗，小女孩只好離開座位，把她們唯一攜帶的物品留在那裡：一個裝著食物的塑膠袋和一束包報紙的花。她在遠離窗邊的對座坐下來，和母親面對面。她們倆都穿著一件破舊而嚴肅的喪服。

小女孩年紀十二歲，這是她的第一趟旅行。女人看上去似乎太老，難以相信是她的母親，那雙眼皮浮現藍色血管，嬌小瘦弱的身軀毫無曲線，裹著一件長袍剪裁的連身裙。整趟路程，她靠著椅背端坐，雙手擱在膝上一個漆皮龜裂的手提包。她散發一種習於貧苦的人身上特有的一絲不苟嚴肅。

中午十二點，天氣開始轉熱。火車停靠十分鐘，在一個沒有村莊的車站補給用水。車站外，香蕉園環繞著神秘的靜寂，涼蔭透露潔淨的氣息。但是，車廂內的壅塞空氣瀰漫一股未經過鞣製的生皮味。火車沒再加速。它在兩個模樣差不多的村莊停靠，那兒全是漆著鮮豔色彩的木造房屋。女人垂下頭，在悶熱的空氣中睡去。小女孩脫掉鞋子。然後她去廁所，把那束枯萎的花放進水裡。

當她回到座位時，母親已等著她吃飯。她分給小女孩一塊乳酪，半個玉米圓麵包，和一塊甜餅乾，接著她從塑膠袋拿出一模一樣的分量給自己。當她們享用午餐時，火車非常緩慢地穿越一座鐵橋，把一個村莊拋在後面，這個村莊和之前的一模一樣，只不過在這座村莊的廣場上，聚集了一群人。一支樂隊頂著烈陽，正在演奏一首歡樂的樂曲。村莊的另外一頭，是一片乾裂的曠野，那裡就是香蕉園的盡頭。

女人停下吃飯。

「穿上鞋子。」她說。

小女孩正看著外面。她只看到荒涼的曠野，火車再一次加速奔馳，她把最後一塊餅乾放進袋子之後，很快地穿上鞋子。女人遞給她一把扁梳。

「自己梳頭髮。」她說。

小女孩梳頭時，火車開始發出汽笛聲。女人舉起手指抹乾脖子上的汗水，和擦去臉上的油垢。當小女孩梳好頭髮，火車駛經一座村莊的第一排房子前，這座村莊比較大一點，但是比之前的村莊都還要落寞悲涼。

「妳想做什麼，趁現在快做吧。」女人說。「之後不論在哪裡，就算渴死也不能喝水。尤其不行哭。」

小女孩點點頭。一道乾熱的風從車窗吹進來，夾雜著火車頭的鳴笛聲，和老舊車廂的轟鳴。女人把裝剩餘食物的塑膠袋捲好，收進了手提包。剎那間，村莊的全貌已經出現窗外，在八月禮拜二燦爛的陽光底下發亮。小女孩把花用溼透的報紙包起來，離窗戶遠一點，定睛看著母親。母親回她一個平靜的表情。火車開始鳴笛，減緩車速。一會兒過後，停了下來。

車站空無一人。街道的另外一側，有一條覆蓋扁桃樹涼蔭的人行道，此刻只有撞球間開門營業。村莊在熱氣中載浮載沉。女人和小女孩下了火車，走過荒涼的車站，地面的磁磚在雜草的奮力推擠下已經開始龜裂，接著她們穿越街道，到了涼蔭下的人行道上。

快要下午兩點。在這個時刻，整座村莊在熱氣的折騰中耗盡氣力，陷入正在午睡的夢鄉中。雜貨店、公家機關、市立學校，都在早上十一點關上大門，直到下午快四點的返程火車到站才會再開門。繼續開著門的，只有火車站對面的旅館、旅館酒吧和撞球間，以及廣場另外一側的電報處。家家戶戶從裡面鎖上大門，拉下百葉窗，大多數的屋子都是依照香蕉園公司的樣板屋建造。有些屋內實在太熱，居民乾脆在院子裡吃午飯。還有其他人倚在扁桃樹涼蔭下的椅子上，就這樣在街道上睡午覺。

女人和小女孩沿著扁桃樹樹蔭走進村莊，沒有擾人清夢。她們直接來到教區神父的屋前。女人用指甲叩了叩紅色雕花鐵門，等了半晌，再叫一次門。門內傳來電風扇的嗡嗡作響。聽不見任何腳步聲。接著一扇門的嘎吱聲輕輕響起，很快地雕花鐵門邊出現語帶謹慎的聲音。「哪一位？」女人試著想看清楚雕花鐵門裡面是誰。

「我要找神父。」她說。

「他正在午睡。」

「是急事。」女人繼續說。

她的嗓音透露一種鎮定的堅持，於是一個身形臃腫的、上了年紀的女人出現，她的膚色非常蒼白，有一頭鐵灰色頭髮。她戴著一副眼鏡，一雙眼在厚實鏡片後面似乎變得太小。

「跟我來。」她打開門時說。

她們進入一間瀰漫腐敗花香的廳堂。屋內的女人領著她們到一張靠背長椅前，指示她們坐下。小女孩坐了下來，但是她的母親依舊站著，她心事重重，雙手緊緊地壓著提包。除了電風扇外，沒有任何聲響。

屋內的女人從盡頭的門走出來。

「他說，請妳們三點過後再來。」她用壓得非常低的聲音說。「他才剛躺下五分鐘。」

「火車三點半就要開走了。」女人說。

這是個簡短而堅決的回答，帶有許多暗示，不過語氣仍保持愉悅。屋內的女人第一次露出微笑。

「好吧。」她說。

盡頭的門再次關上，女人在她女兒身邊坐了下來。這間狹窄的廳堂相當簡陋，但是整齊乾淨。一座木頭欄杆把廳堂隔成兩半，欄杆的另外一側有一張工作桌，樣式簡單，桌子鋪著一張油布桌巾，上面擺著一臺舊式打字機，一旁還有一個插著花的玻璃杯。桌子後面是教區的檔案。看來那是由獨身女人整理的辦公室。

盡頭的門打開了，這一次出現的是神父，他拿著一條手帕擦拭眼鏡。待他戴上眼鏡，才看出他是那位開門女人的手足。

「有何貴幹？」他問。

「請借我墓園的鑰匙。」女人說。

小女孩坐著，花束擱在她的膝上，雙腳交叉垂在椅子下方。神父看著她，接著他看向女人，然後凝視鐵花窗外，晴空萬里，沒有一絲雲朵。

「天氣這麼熱，」他說。「妳們可以等太陽下山後再去啊。」

女人默默地搖了搖頭。神父走到欄杆的另外一側，從櫃子拿出一個油布面筆記簿、一支木柄沾水筆，和一個墨水瓶。他的頭頂上髮量稀疏，雙手的毛髮卻濃密。

「你們要看哪一座墳墓？」他問。

「卡洛斯．山德諾的墓。」女人說。

「誰？」

「卡洛斯．山德諾。」女人重複一遍。

神父依然一頭霧水。

「上個禮拜那個在這裡被殺死的小偷。」女人說，語調並沒有改變。「我是他的母親。」

神父打量她一番。她定定看著他，冷靜自若，神父臉紅了起來。他低下頭寫字。他一邊填寫表格，一邊向女人詢問身分資料，她詳實以告，沒有半絲遲疑，彷彿在朗讀字串。神父開始流汗。小女孩解開左邊鞋子的搭釦，露出腳跟，踏在鞋子的後幫上。她也這麼解開右腳的鞋。

這一切的開端始於上個禮拜一的凌晨三點，就在離這裡短短三個街區的地點。蕾貝卡太太是個單身寡婦，住在一間堆滿雜物的屋子裡，她在細雨的沙沙聲中，感覺有人試圖撬開臨街大門。她溜下床，摸黑從衣櫃內找出一把舊款左輪手槍，那是自奧雷里亞諾·波恩地亞上校時代之後再也不曾有人擊發的槍，接著她到了客廳，沒打開燈。驅使她的不只是撬鎖的聲音，也是那股二十八年的獨居生活在她內心漲滿的恐懼，她憑著想像找到大門和門鎖的精確位置。她雙手緊握武器，閉上眼睛，扣下扳機。這是她這輩子第一次拿左輪手槍射擊。槍響過後，她馬上感覺只剩下墜落在鋅板屋頂上的細雨呢喃。接著她聽見水泥人行道上傳來輕輕一聲金屬碰撞，和一個非常細微的說話聲，語氣平靜卻充滿疲憊：「喔，母親呀。」天亮後，屋子前面有個男人屍體，他的鼻子血肉模糊，身上穿著一件彩色格子的法蘭絨上衣，一件普通的褲子，腰部綁著一條充當皮帶的繩索，腳上沒穿鞋。村裡沒人知道他是誰。

「所以，他叫卡洛斯．山德諾。」神父寫完後低聲說。

「山德諾．阿亞拉。」女人說。「他是我的獨子。」

神父回到櫃子前。門板內側的一個釘子上掛著兩大串生鏽的鑰匙，正如小女孩的想像，以及她的母親幼時的想像，而神父自己也應該曾想像過，那是天堂的鑰匙。他拿下鑰匙，放在欄杆上面打開的筆記本上，食指指著他寫的那一頁，看向女人。

「在這裡簽字。」

女人把手提包夾在腋下，潦草地簽上名字。小女孩拿起花束，拖著腳步走到欄杆邊，仔細地觀看她的母親。

神父嘆了一口氣。

「您從沒試過引導他走上正途？」

女人簽完名後接著回答。

「他是個非常善良的孩子。」

神父看著女人，然後瞄向小女孩，確定她們並未泫然欲泣，心中既感到憐憫又覺得詫異。

女人面不改色地繼續說：

「我跟他說過，絕不要去偷沒飯吃的人，他確實聽了我的話。而他以前一心只想打拳擊，甚至被打到三天下不了床。」

「他不得已拔掉所有的牙齒。」小女孩插嘴說。

「沒錯。」女人肯定地說。「那段時間，我每吞一口飯，都像嘗到每個禮拜六晚上那些用力捶打在我兒子身上的拳頭。」

「天主的用意難以探知。」神父說。

但是神父的這句話不那麼鏗鏘有力，一部分是因為他基於人生經驗變得有些多疑，一部分則是天氣熱。他囑咐她們要保護頭部，以免中暑。當他指示她們該怎麼找到卡洛斯．山德諾的墳墓時，已經哈欠連連，幾乎快要睡著。她們回來時不必敲門。她們只需要把鑰匙從門下塞進來，如果打算捐獻給教堂，也一併放在那裡。女人十分專注聽他的話，但是她道謝的時候，臉上沒有一絲笑容。

在打開臨街大門前，神父發現有人把鼻子貼在雕花鐵門上，窺向屋內。那是一群小孩。大門一打開，他們全部一哄而散。在這個時間，街道通常空無一人。此刻不只孩子們出現了，扁桃樹下還聚集了一群群的人。神父仔細檢視在熱氣中變形的街道，於是恍然大悟。他輕輕地把門再次關上。

「請妳們稍等一會兒。」他說，但沒有看那個女人。

神父的姊妹出現在盡頭的門邊，睡袍外還穿上一件黑色夾克，頭髮披散在肩頭。她安靜地望了神父一眼。

「怎麼了？」他問。

「人們發現了。」他的姊妹低聲說。

「你們從院子的後門離開比較好。」神父說。

「那裡也一樣。」他的姊妹說。「所有的人都等在窗門口。」

這時女人似乎意會過來發生了什麼事。她試著看清楚雕花鐵門外面。接著她拿走小女孩的花束，走向門口。小女孩跟了上去。

「請妳們等到太陽下山吧。」神父說。

頭。「妳們會融化的。」神父的姊妹說，她動也不動地杵在客廳盡

「等一等，讓我借妳們一把陽傘。」

「謝謝。」女人回答。「我們這樣去就行了。」

她牽起小女孩的手，走到了大街上。

一九六二年

這段日子的某一天

Un día de éstos

禮拜一天亮後，天氣溫和，沒有下雨。清晨六點，奧雷里亞諾．埃斯克瓦爾先生打開他的診間，他是個喜歡早起的無照牙醫。他從玻璃櫃裡拿出一個還鑲在石膏齒模上的假牙，在桌上擺好一把器具，依序從大到小排列，彷彿正在展示。他穿著一件無領的橫條紋襯衫，扣上最上面的一顆金鈕釦，和一條吊帶連結的褲子。他表情嚴肅，身形瘦乾，眼神不太跟上周遭情境，就像聾子的那種眼神。

桌上的物品擺妥，他把圓頭銼機器搬到彈簧椅旁，坐下來修磨那副假牙。他看似未全神貫注手邊的工作，但不斷地幹活，不使用機器，也沒停下踩踏的動作。

八點過後，他稍作歇息，凝視窗外的天空，看見了兩隻在鄰家屋脊上曬太陽的黑美洲鷲。他重拾工作時，腦中浮現午飯前又要下雨的想法。他的十一歲兒子突兀的聲音，將他從神遊中拉回。

「爸爸。」

「什麼事。」

「村長問你能不能幫他拔臼齒。」

「跟他說我不在。」

他正在磨一顆金牙。他伸直手臂，把假牙拿遠，瞇起眼睛仔細端詳。他的兒子在候診室再一次大叫。

「他說你在，因為聽見你的聲音。」

牙醫繼續檢查那顆假牙。等到他把假牙放到桌上，工作告一段落，才說：

「好多了。」

他再一次踩踏圓頭銼機器。他從一個存放待做東西的小紙箱裡，拿出一個裝上幾顆假牙的牙橋，開始拋光金牙。

「爸爸。」

「嗄。」

他依然面不改色。

「他說，你不幫他拔牙，他要賞你一顆子彈。」

他不疾不徐，停止踩踏圓頭銼機器，動作冷靜自若，他把機器從扶手椅邊搬開，拉出桌子的整個隱藏式抽屜。左輪手槍放在這裡。

「好吧。」他說。「跟他說，來賞我子彈吧。」

他轉動扶手椅，面朝向門口，手擱在抽屜的邊緣。村長出現在門檻處。他的左邊臉頰刮得乾乾淨淨，可是另一邊腫脹疼痛的臉頰，已經長了五天的鬍碴。牙醫看向他，看見他的眼底堆積失眠多夜的憔悴。他用指尖推上抽屜，輕聲對他說。

「請坐。」

「早安。」村長說。

「早。」牙醫說。

當器具煮沸消毒時，村長把後腦杓靠在治療椅的頭枕上，感覺舒服多了。他聞到空氣中一股冰涼的氣息。這是個簡陋的診間：一張老舊的木頭椅，一個腳踏圓頭銼機器，和一個陶瓷把手的玻璃櫃。椅子面對著一扇窗，窗戶垂著一面跟人一樣高的布窗簾。當村長感覺牙醫靠近，立刻併攏腳跟，張開嘴巴。

奧雷里亞諾．埃斯克瓦爾先生把他的臉轉向燈照方向。接著他檢查那顆蛀壞的臼齒，用手指一壓，小心翼翼地擺好他的下顎。

「不能打麻醉藥。」

「為什麼？」

「因為長了膿瘡。」

村長直視他的眼睛。

「好吧。」他說，並設法擠出微笑。牙醫沒回應他。他把裝著煮沸過器具的鍋子搬到工作桌邊，一樣從容不迫，拿起一把冰冷的箝子夾從水裡夾出器具。接著他用鞋尖把痰罐踢過來，再到水盆邊洗手。他做這一連串動作，完全沒看村長。但是村長盯著他不放。

那是下面的一顆智齒。牙醫張開雙腳，拿著熱燙的箝子夾緊智齒。村長抓緊治療椅的兩側扶手，把所有力氣都集中在雙腳，他感覺肚子一股冰冷的空虛感，但是沒發出半聲嘆息。牙醫移動手腕。他不帶怨恨，而是用一種苦澀的溫柔語氣說：

「中尉，您終於在這兒償還了二十條人命的代價。」

村長感覺下顎的骨頭發出喀啦響，眼眶滿溢淚水。但是他憋住聲音，直到臼齒被拔出來。這時他含著淚看那顆牙。他覺得牙痛變得陌生，已無法理解前五晚所受的痛苦。他俯身在痰罐上方，滿身大汗，他解開軍服鈕釦，在褲子的口袋胡亂翻找手帕。牙醫遞給他一條乾淨的抹布。

「擦乾眼淚。」他說。

村長照他的話做。他在發抖。當牙醫清洗雙手時，村長看著破底的天花板，一片布滿灰塵的蜘蛛網上黏著蜘蛛卵和死掉的昆蟲。牙醫一邊擦乾雙手一邊走回來。「睡個覺吧。」他說。「用鹽水漱口。」村長站起來，冷冷行了個軍禮告別，接著他拖著兩條腿走向門口，連軍服的釦子都沒有扣上。

「再把帳單送來。」他說。

「給您還是給村辦公室？」

村長沒看他。他關上了門，聲音從雕花鐵門外傳來：

「還不都一樣。」

一九六二年

村裡沒小偷

En este pueblo no hay ladrones

公雞初啼時，達馬索回到家。他的妻子安娜懷著六個月身孕，正坐在床上等他，身上還穿著衣服和鞋子。油燈就要熄滅。達馬索知道妻子等了他一整夜，即使這一刻看見他在面前，她也一樣像在等待。他示意她冷靜下來，但是沒得到她的回應。她睜著驚恐的雙眼，定定地看著他手中的紅布包，她緊閉嘴脣，開始發抖。達馬索默默地抓緊她的胸衣。他的嘴巴吐出一股酸臭味。

安娜幾乎被他懸空拉起。接著她整個身體往前倒，靠在丈夫那件紅條紋法蘭絨衫上哭了起來，她抱著丈夫的腰，直到控制住情緒。

「我坐著睡著了。」她說。「突然間他們打開門，把你推進房間，你全身是血。」

達馬索推開她，什麼也沒說。他讓她坐回床上。接著他把布包放在她的膝上，到院子去撒尿。這時她解開布包一看：是三顆撞球，兩顆白的，一顆紅的，因為撞擊而傷痕累累，沒有光澤。

當達馬索回到房間時，他發現妻子投來好奇的目光。

「這要做什麼用？」安娜問。

他聳聳肩膀。

「打撞球。」

他再次打好結，把布包連同臨時製作的鐵鉤、手電筒和刀子，收進衣箱底部。安娜沒換衣服，臉朝牆壁躺下。達馬索只脫掉褲子。他躺在床上，在漆黑中抽根菸，試著從凌晨此起彼落的窸窣聲中，辨識他的冒險是否留下痕跡，直到他發現妻子還醒著。

「妳在想什麼？」

「沒想什麼。」她說。

她平日恰似男中音的嗓音，像因為怨怒而顯得語氣強烈。達馬索抽了最後一口菸，把菸蒂扔在泥土地面踩熄。

「那裡什麼也沒有。」他嘆口氣。「我在那裡面差不多待了一個小時。」

「他們可能會給你一槍的。」她說。

達馬索發起抖來。「該死。」他一邊說一邊用手指關節敲打木頭床架。他摸黑在地上找出香菸和火柴。

「你真是鐵石心腸。」安娜說。「你應該知道我在這裡怎麼也睡不著，每一回聽到街上有動靜，都以為是你死了被抬回家。」她接著說並嘆了口氣。「而這一切的結果，竟然是只帶三顆球回家。」

「抽屜裡空空的，只有二十五分錢。」

「那麼你不應該拿走任何東西。」

「可是我闖了進去。」達馬索說。「怎麼能雙手空空離開。」

「你可以拿其他東西。」

「那裡什麼也沒有。」達馬索說。

「沒有其他比撞球間還多東西的地方。」

「看起來是這樣沒錯。」達馬索說。「但一進去，看了那裡的東西，把每個角落搜過一遍，卻沒發現任何有用的東西。」

她沉默了好一會兒。達馬索想像著她在回憶裡的那片漆黑中，張大眼睛尋找任何有價值的東西。

「或許吧。」她說。

達馬索再一次抽起菸來。酒精像是同心圓，慢慢從他身上消退，他重新感覺到身體的重量、體積和負擔。

「那裡面有一隻貓。」他說。「一隻巨大的白貓。」

安娜翻過身，隆起的肚子緊貼著丈夫的肚腩，把一條腿伸進他的膝蓋之間。她聞到他有股洋蔥味。

「你怕得半死嗎？」

「我？」

「就是你。」安娜說。「聽說男人也會怕。」

他感覺妻子笑了出來，於是回以微笑。

「有一點。」他說。「我忍不住想撒尿。」

他接受了她的吻，但是沒有回應。接著，他終於意識到當時的風險有多大，不過沒有後悔，他像回憶一趟旅行，把闖空門的細節一五一十告訴她。

她安靜了許久，接著開口。

「太瘋狂了。」

「萬事起頭難。」達馬索閉上雙眼說。「就第一次幹這檔事來說，結果還不算太糟。」

稍晚一點，太陽出來，天氣轉熱。達馬索醒來時，他的妻子已經起床好一陣子。他到院子裡沖頭，就這樣好幾分鐘，直到完全清醒過來。他們家在一條長廊上，有許多一模一樣的獨立房間，大夥兒共用一個院子，其間錯落一條條鐵絲線，上面曬著衣服。安娜在房間的後牆邊，搭了一個煮飯和加熱熨斗的爐灶，和一張吃飯兼燙衣的小桌，這個廚房有一堵錫皮薄牆，隔開了院子。當她瞥見丈夫走過來，便將燙好的衣服拿開，把鐵熨斗從爐灶拿下來，準備熱咖啡。她比丈夫年紀大，膚色蒼白，動作如同那些習慣現實生活的人，安靜而有效率。

達馬索感覺頭痛，他在昏昏沉沉中看懂妻子的眼神，明白她有事要說。這一刻，他才注意到院子裡的人聲。

「大家整個早上只談一件事。」安娜一邊替他倒咖啡一邊低聲說。「男人都離開好一會兒了。」

達馬索確認院子裡不見男人和小孩的蹤影。當他啜飲咖啡時，安靜聽著曬衣服的女人談論。最後，他點燃一根菸，離開廚房。

「德蕾莎。」他喊。

有個女孩回應了他的呼喊，她身上的衣服溼成一片，緊貼著身體。

「小心點。」安娜說。那女孩走了過來。

「發生了什麼事？」達馬索問。

「有人闖進撞球間，把裡面搬空了。」女孩說。

她似乎打聽得一清二楚。她解釋那棟屋子怎麼被拆卸，一件接著一件，連撞球桌都給搬走了。她講話的語氣堅定無比，連達馬索都不得不相信那是真的。

「狗屎。」他說，然後回到廚房。

安娜低聲吟唱。達馬索斜靠在一張院子牆邊的椅子上，試著壓抑他的焦慮。他在三個月前剛滿二十歲，他留八字鬍，不只內心隱藏一股犧牲精神和些許的溫柔，也因為能替他那張被天花肆虐過的臉孔，添加一點成熟的味道。從那時起，他感覺自己已長大成人。但這天早上，他頭痛不止，前一晚的回憶在裝著爛泥漿的腦袋裡漂浮，他找不到從哪裡可以回到現實世界。

安娜燙完衣服，把乾淨的衣服分成一樣的兩疊，準備出門。

「別太晚回來。」達馬索說。

「跟平常一樣。」她說。

他跟著她回到房間。

「我把你的格子襯衫放在那裡。」安娜說。「你最好別再穿那件法蘭絨襯衫。」她直視丈夫那雙如同貓眼一般清澈的眼睛。「我們無從知道有沒有人看到你。」

達馬索把雙手往褲子抹乾汗水。

「沒有人看到我。」

「我們無從知道。」安娜再說一遍。她雙手各抱一疊衣服。「而且，你最好先別出門。待我裝作若無其事，出去繞一圈回來。」

村裡談的都是同一件事。安娜不得不聽了好幾遍，明明是同一個事件，卻出現各種不同細節自相矛盾的版本。她送完衣服後，沒像每個禮拜六一樣上市場，而是直接去了廣場。

撞球間對面並沒有如她想像那麼多人。有幾個男人在扁桃樹下聊天。敘利亞人收起彩色抹布，準備去吃午餐，帆布棚下的雜貨舖彷彿就要打起瞌睡。旅館的大廳裡頭，有個男人坐在搖椅上呈大字型睡覺，他張著嘴巴，打開雙臂和雙腿。一切都在正午十二點的熱氣中凝結。

安娜從撞球間經過，繼續往前走，就在到了碼頭前的爛泥地時，碰到了一群人。這時，她想起達馬索說過，每個人都知道撞球間後門面向爛泥地，但可能只有撞球間的顧客記在心裡。半晌過後，她雙手護著孕肚，混入人群，雙眼直瞪那扇被撬開的後門。大鎖毫無損傷，但是門環像顆被連根拔起的臼齒。安娜盯著那粗糙的單一手法留下的破壞，看了好一會兒，心想著她的先生，一股憐憫油然而生。

「會是誰呢？」

她不敢看向她的身旁。

「不知道。」有人回她。「據說是外地人幹的。」

「有可能。」有個女人在他們背後說。「這座村莊沒有小偷。大家互相認識。」

安娜回過頭。

「沒錯。」她露出微笑說。她汗流浹背。

她的身邊有個非常老的男人，頸項刻著深深的皺紋。

「他們把裡面洗劫一空？」

「兩百塊披索和撞球。」老頭子說。他用不恰當的目光打量她。「看樣子，再過不久可得要張著眼睡覺了。」

安娜移開視線。

「沒錯。」她又說了同一句話。她用一塊布把頭包起來，慢慢走遠，無法不去想像老頭還在繼續盯著她看。

約一刻鐘時間，堵住爛泥地的人群舉止恭敬，彷彿在那扇遭破壞的門後面躺了一個死人。接著，他們開始騷動，轉身往廣場一哄而散。

撞球間的老闆站在門口，身邊跟著村長和兩名警員。他個頭矮小，身形臃腫，穿著一條只靠圓肚子卡住的褲子，戴著像是出自孩童之手的眼鏡，勉強撐著幾乎耗盡的尊嚴。

群眾將他團團圍住。安娜靠在牆壁上，聆聽他公布的細節，直到人群逐漸散去。接著，她混在左鄰右舍吵雜的人聲中，返回家裡，身體因悶熱而變得腫脹。

達馬索躺在床上，反覆問自己昨晚安娜等他回家時，怎能忍得住不抽菸。當他看見她面露欣喜踏進門，摘掉頭上被汗水溼透的布，便把剛抽的整根菸丟到泥土地上踩熄，旁邊還有一堆菸蒂，接著他焦急不安地等待。

「所以？」

安娜在床前跪了下來。

「你不但是小偷，還是個騙子。」她說。

「為什麼這麼說？」

「你跟我說抽屜裡什麼都沒有。」

達馬索皺起眉頭。

「的確什麼都沒有。」

「聽說有兩百塊錢披索。」安娜說。

「說謊。」他拉高了嗓音回答。接著他在床上坐起來，重新壓低音調。「只有二十五分錢。」

他說服了她。

「他是個老土匪。」達馬索握緊拳頭說。「他就是要人痛揍他的臉。」

安娜開懷地笑。

「別那麼粗暴。」

他也笑了出來。他一邊刮鬍子，一邊聽妻子告訴他探聽到的事。警察鎖定一個外地人。

「他們說他是禮拜日到的，昨晚有人看見他在港口一帶遛達。」達馬索想著那位素昧平生的外地人，有那麼一瞬間，他還真的信以為真，懷疑起對方。

「他可能已經遠走高飛。」安娜說。

達馬索一如往常，花了三個小時整理儀容。首先，他仔細修整八字鬍。接著，他到院子裡沖澡。安娜盯著他的每一個動作，她自第一次見到他整理髮型的繁複過程的那一晚起，對他的狂熱一直不曾消退。安娜看著他穿上紅色格紋襯衫、照鏡子，準備出門，她感覺自己老態龍鍾和邋裡邋遢。達馬索站在她面前，擺出拳擊手的架式，靈活出招。她抓住他的手腕。

「你有零錢嗎？」

「我很有錢。」達馬索回答，心情大好。「我有兩百塊錢披索。」

安娜轉過身面向牆壁，從胸前掏出一捆鈔票，遞給丈夫一塊錢披索並說：

「拿去。赫黑·涅可雷德。」

這一晚，達馬索跟一群朋友待在廣場上。從鄉下趕來在禮拜天市集販售作物的人群，在炸物攤和彩券桌之間架起了棚子，這裡從第一晚開始就能聽見他們的鼾聲。達馬索的朋友似乎對撞球間竊案不感興趣，反而比較關心電臺轉播的棒球聯賽，不過這一晚撞球間大門深鎖，他們沒辦法收聽。他們聊著棒球，沒有事先講好，也不知道放哪部片，就這樣踏進電影院。

裡頭播放的是康丁法拉斯主演的電影。達馬索坐在放映廳的第一排大笑，悔恨已經一掃而空。他感覺自己的情緒已經平復。這是個六月的晴朗夜晚，在放映機停頓發出沙沙聲的短暫空檔，露天電影院上空是一片寧靜的繁星。

突然間，銀幕上的影像變白褪去，觀眾席最底一排傳來一聲爆響。達馬索以為自己被揭露，於是想要逃跑。但是他立刻看到座位上的觀眾僵在原地，以及一名警員手纏一條皮帶，用那沉重的皮帶銅釦，狠狠地抽打一個男人。那是一個人高馬大的黑仔。女人們開始尖叫，抽打黑人的警察高聲怒吼，壓過了她們的尖叫：「小偷！小偷！」黑仔從椅子間滾下去，兩名警員跟上去抽打他的腰，從後面逮住了他。接著，抽打他的警員拿起皮帶，將他從背後反綁雙臂，三人推他走向門口。事情發生得太快，等到黑仔從一旁經過，達馬索才意會過來發生什麼事，黑仔襯衫被撕爛，滿臉灰土、汗水和鮮血，嗚咽著：「殺人兇手，殺人兇手。」接下來，燈光暗下，又開始播放電影。

達馬索再也笑不出來。他斷斷續續看著電影，不停地抽菸，直到燈光亮起，觀眾面面相覷，似乎在回到現實世界後感到心驚。「好電影！」達馬索的身旁有個人驚呼。達馬索沒看他。

「康丁法拉斯演技精湛。」他說。

他隨著人群湧向門口。賣餐點的女販扛著籃子紛紛回家。已經十一點多，可是街上還有許多人在等待電影散場的人，想探聽黑仔被逮捕的經過。

這天晚上，達馬索戰戰兢兢，踏進了房間，安娜在半夢半醒之間發現他躺在床上，正在抽第二根菸。

「飯菜在炭火堆上。」她說。

「我不餓。」達馬索說。

安娜嘆口氣。

「我夢見娜拉在做奶油餅娃娃。」她說，還沒完全清醒。驀地，她發現自己剛不由自主地睡著，於是轉過身面向達馬索，她頭昏腦脹，揉了揉眼睛。

「他們抓走了外地人。」她說。

達馬索慢了半拍才回答。

「是誰說的？」

「他們在電影院抓到他。」安娜說。「到處都有人在說這件事。」

她說了一個扭曲逮捕經過的版本。達馬索沒加以糾正。

「可憐的傢伙。」安娜嘆氣。

「為什麼可憐。」達馬索抗議，他的情緒開始高漲。「難道妳希望是我被抓？」

她太了解達馬索，因此沒有回嘴。她感覺他在抽菸，像是氣喘病患喘氣，一直到傳來幾聲公雞初啼。之後，她感覺他起身，在房間裡東翻西找，裡面一片漆黑，他像是憑觸覺做事，而不是靠視力。之後，她感覺他在床底下挖地，超過一刻鐘之後，她感覺他在黑暗中脫下衣服，竭力別弄出聲響，卻不知道她拚命讓他相信她真的睡著。她最原始的直覺被挑動了。於是安娜知道了達馬索當時在電影院，也恍然大悟他為什麼剛剛把撞球埋在床底下。

禮拜一撞球間開張營業，一群急躁的顧客湧了進去。撞球桌蓋著一塊紫紅色罩布，給整個空間添了喪葬的氛圍。牆上貼著一張告示：「沒有撞球，無法使用。」人群紛紛進門來看那張告示，彷彿那是什麼新聞。有些人杵在告示前許久，用一種令人費解的狂熱，反覆讀了又讀。

達馬索是最早光顧的顧客之一。他有一部分人生時光，花在給觀眾觀賞撞球的靠背長椅上，而重新營業後，他也坐在這裡。這就像上門哀悼，雖然痛苦卻即刻就能結束。他越過吧檯桌面，拍了拍老闆的肩膀一下，對他說：

「羅格先生，真是不幸。」

老闆露出痛苦的微笑，搖了搖頭，他嘆息說：「你知道的。」

接著，他繼續招呼客人，達馬索坐在吧檯邊的一張圓凳上，盯著在那塊紫紅色裹屍布下的幽靈撞球桌。

「真奇怪。」他說。

「沒錯。」在他旁邊凳子上的一個男人說。「我們就像在過聖週。」

當大多數顧客去吃午飯時，達馬索在自動點唱機投入一枚硬幣，挑了一首墨西哥寇里多民謠，他熟知這首歌在板上的位置。羅格先生把小桌子和椅子搬到廳堂的後面。

「你在做什麼？」達馬索問他。

「我要設牌桌。」羅格先生回答。「球還沒到之前，總要先做點什麼。」

他兩邊胳膊各拽著一張椅子，腳步踉蹌，像個剛喪妻的鰥夫。

「什麼時候到？」達馬索問。

「希望一個月內能到。」

「說不定原本的球能找回來。」達馬索說。

羅格先生看著一排小桌子，露出滿意神情。

「找不回來的。」他說，舉起袖子擦乾前額的汗水。「黑仔被抓之後，從禮拜六滴食未進，還是不肯透露東西的下落。」

他的視線從那副汗溼而蒙上霧氣的眼鏡投射過來，打量達馬索。

「我相信他把撞球扔進河裡了。」

達馬索啃咬嘴唇。

「那麼兩百塊錢披索呢？」

「也不肯說。」羅格先生說。「他們只在他身上找到三十塊錢。」

他們四目交接。達馬索感覺，他跟羅格先生交會的眼神中，有一種無法解釋的共謀關係。這天下午，安娜從洗衣槽看見丈夫踩著拳擊手彈跳的步伐回到家。她跟著他進房間。

「沒事了。」達馬索說。「那個老頭子已經接受事實，買了新的撞球。現在只等大家忘了這件事。」

「黑仔呢？」

「沒事。」達馬索聳起肩膀說。「如果找不到球，就得放了他。」飯後，他們坐在大門邊跟鄰居談天說地，直到電影院的擴音器安靜下來。到了睡覺時間，達馬索精神亢奮。

「我想到全世界最棒的生意。」

安娜頓時明白，他從天黑後就琢磨同一件事。

「我打算走遍一座又一座村莊。」達馬索繼續說。「從一座村莊偷走撞球，到另一座村莊賣掉。每座村莊都有撞球間。」

「直到被人開槍那天為止。」

「什麼開槍不開槍。」他說。「那是電影裡的情節。」他杵在房間中央，淹沒在自己沸騰的情緒中。安娜開始更衣，她故作冷漠，但其實是帶著憐憫在聆聽他述說。

「我要買一排衣服。」達馬索說，指著一個想像中一整面牆大小的衣櫃。「從這裡到那裡這麼大。還要五十雙鞋。」

「願天主能聽到你的心願。」安娜說。

達馬索用一種嚴肅的眼神盯著她看。

「妳對我的想法不感興趣。」他說。

「對我來說，那是很遙遠的事。」安娜說。她關掉燈，躺下來靠著牆壁睡覺，接著她又用略帶苦澀的語氣說。「等你三十歲時，我已經四十七歲。」

「說什麼傻話。」達馬索說。

他摸了摸口袋，翻找火柴盒。

「那時妳再也不用洗衣服。」他有點無措地說。安娜替他點火。她看著火焰，直到火柴熄滅，然後丟掉剩餘的灰燼。達馬索躺在床上繼續說。

「妳知道撞球是什麼材料做的？」

安娜沒回答。

「象牙做的。」他繼續說。「材料稀少，收貨要花上一個月。妳知道嗎？」

「睡吧。」安娜打斷他的話。「我五點就得起床。」

達馬索平復了情緒。他賴在床上一整個早上，午睡後，他開始梳洗準備出門。晚上，他在撞球間收聽棒球聯賽轉播。他用同樣那股構思計畫的熱情，把計畫輕易地拋到腦後。

「你身上有沒有錢？」禮拜六這天，他問妻子。

「十一塊錢披索。」她回答。接著她用輕柔的語氣說：「那要交房租。」

「我有一筆生意。」

「什麼生意？」

「把錢借給我。」

「那要交房租。」

「晚一點再交。」

安娜搖搖頭。達馬索捉住她的手腕，阻止她從桌邊站起，兩人才剛吃完早餐。

「只要幾天而已。」他說，然後心不在焉地輕撫她的手臂。「等賣掉撞球，我們就有錢買所有想要的東西。」

安娜不肯退讓。這一晚在電影院，達馬索的手搭在她肩上，連中場跟朋友聊天也沒放開。他們看了斷續播放的電影。最後，達馬索不耐煩了。

「那麼，我只得去偷錢。」他說。

安娜聳聳肩膀。

「我要拿棍子痛毆第一個遇到的人。」達馬索推著她在人潮中走出電影院。「這樣一來，我會因為殺人入獄。」

安娜在心裡頭竊笑。但是她依然不肯妥協。隔天早上，就在一夜狂風暴雨般的吵鬧之後，達馬索更衣打扮，舉止充滿刻意的急促和怒氣。他經過妻子身邊時，抱怨說：

「我再也不回家了。」

安娜忍不住身體一陣輕顫。

「旅途愉快。」她大喊。

達馬索甩門而去，接下來面對漫漫無盡的乏味禮拜天。公共市集裡賞心悅目的陶瓦器商鋪，八點彌撒結束後帶著孩子一身鮮豔服飾的女人，替廣場點綴了歡樂的色彩，但是空氣已經開始轉為炙人的熱氣。

他在撞球間待上一整天。早上，有群男人在打紙牌，午餐前，人潮短暫湧現。但顯而易見的，店鋪已經失去吸引力。只有天黑時刻，當棒球聯賽轉播開始，才又恢復往日的喧鬧。

撞球間關門後，達馬索來到人潮散去的廣場上，不知何去何從。他沿著和碼頭平行的街道走下去，追著一陣從遠處傳來的歡樂樂聲。街道的盡頭是一間簡陋的大舞廳，裡頭只掛著褪色紙花環的簡單裝飾，舞廳裡有一支在木頭舞臺上演奏的樂隊。裡面彌漫一股聞起來像口紅的沉悶氣味。

達馬索站在吧檯前。樂曲結束後，樂隊中敲擊銅鈸的少年向跳過舞的客人收錢。有個女孩把她的舞伴丟在大廳中央，朝達馬索走過來。

「最近好嗎？赫黑．涅可雷德。」

達馬索讓她坐在身邊。酒保搽脂抹粉，耳朵插著一朵康乃馨，他尖聲細氣問：

「兩位要喝什麼？」

女孩問達馬索。

「我們要喝什麼？」

「不喝。」

「我買單。」

「不是因為這個。」達馬索說。「我餓了。」

「可惜了那雙眼睛。」酒保嘆氣說。

他們走到大廳盡頭的飯廳。從女孩的體態來看，她的年紀似乎相當小，但是臉上那一層粉底和胭紅，以及嘴脣塗的口紅，讓人猜不出她真正的年齡。酒足飯飽之後，他跟著女孩穿過一個漆黑的院子，沿路聽得見動物酣睡的呼吸聲，最後到了盡頭的一個房間。裡面的床鋪上躺著一個包著彩色碎布被的幾個月大嬰兒。女孩把布被放進一個木箱，把嬰兒放在裡面，接著把箱子放到地上。

「老鼠會吃掉他。」達馬索說。

「不會。」她說。

她換掉紅色洋裝，換了另一套綴著大朵黃花的低胸洋裝。

「爸爸是誰？」達馬索問。

「我不知道？」她說。接著她的聲音從門口傳來。「我馬上回來。」

他聽見她上了大鎖。他穿著衣服，仰躺在床上，抽了幾根菸。曼波的樂聲震得亞麻布床單抖動。他不知道自己什麼時候睡著。當他醒來，少了音樂的房間似乎變得空蕩蕩。

女孩在床前寬衣解帶。

「幾點了？」

「差不多四點。」她說。「孩子沒哭嗎？」

「我想應該沒哭。」達馬索說。

女孩依偎在他身邊躺下，那雙有點斜視的眼睛搜尋著他，雙手解開他的襯衫。達馬索會意過來她真的喝了酒。他想熄燈。

「開著吧。」她說。「我想要看你的眼睛。」

黎明時刻，房間充滿一種鄉野間的窸窣聲。嬰兒哭了。女孩把他抱到床上，餵他喝奶，低聲吟唱一首三個音的歌，最後大家都睡著了。達馬索沒發現女孩七點就醒了，她沒帶著孩子，獨自出去然後回來。

「大家都去港口了。」她說。

達馬索感覺自己一整夜睡不到一個小時。

「為什麼？」

「去看那個偷撞球的黑仔。」她說。「他們今天要押走他。」

達馬索點燃一根香菸。

「可憐的傢伙。」女孩嘆口氣說。

「為什麼可憐？」達馬索說。「沒有人逼他當賊。」

女孩把頭靠在他的胸口，思索了一會兒。她用壓得非常低的聲音說：

「不是他做的。」

「誰說的？」

「我知道。」她說。「撞球間遭小偷那晚，黑仔和葛蘿莉亞在一起，隔天一整天都待在她的房間，直到天黑。後來聽說他在電影院被逮捕了。」

「葛蘿莉亞可以告訴警察這件事。」

「黑仔自己說了。」她說。「村長去找葛蘿莉亞，把她的房間翻箱倒櫃，然後誣賴她串通，打算逮捕她。最後她花二十塊披索消災。」

達馬索起床時，還不到八點。

「留下來吧。」女孩對他說。「我來宰隻母雞當午餐。」

達馬索把扁梳往手掌敲了敲，然後收進褲子的後面口袋。

「不行。」他說，捉住女孩的手腕，把她拉了過來。女孩洗過臉，看起來真的相當稚嫩，那雙黑色的大眼睛給他一種柔弱無依的感覺。她摟住了他的腰。

「留下來。」女孩不死心說。

「永遠嗎？」

她的雙頰微微刷紅，然後放開了他。

「騙子。」她說。

這一天早上，安娜感到全身乏力。但是她感染了村莊裡洋溢的興奮之情。她別於往常，急忙收齊這個禮拜要洗的衣服後，前往港口目送黑仔登船。有一群迫不及待的人在準備啟航的駁船的前方等待。

達馬索也在其中。

安娜伸出食指搔了搔他的腰。

「妳在這裡做什麼？」達馬索跳了起來，然後問。

「來送別你。」安娜說。

達馬索舉起指關節，叩響一根街燈桿。

「可惡。」他說。

接著他點燃一根菸，把空菸盒扔進河裡。安娜從胸衣裡掏出另一盒菸，塞進他的襯衫口袋。達馬索終於露出微笑。

「妳跟驢子一樣固執。」他說。

「哈哈。」安娜發出笑聲。

不久，黑人被押上了船。他們押著他從廣場中央走過來，他一雙手被繩索綁在背後，由一名員警拉著繩子。其他兩名佩帶步槍的員警走在他的身邊。他上身赤裸，下唇裂傷，一邊眉毛腫起，就像個拳擊手。他努力維持尊嚴，避開群眾的視線。撞球間的門口聚集人潮，準備全程參與這一幕，撞球間老闆望著他經過，安靜地搖了搖頭。其他人則是掩不住看戲的興奮。

駁船很快啟航。黑仔在船頂，雙腳和雙手被綁在一個汽油桶旁邊。駁船在河中央轉了一圈後，發出第一聲汽笛，黑仔的背後冒出一柱蒸汽。

「可憐的傢伙。」安娜嘟囔。

「真是一干罪犯。」有個人在她附近說。「人怎麼禁得起這樣曬啊。」

達馬索發現說話的是個異常肥胖的女人，她已經邁開腳步走向廣場。

「妳太多話。」他在安娜的耳邊說。「妳只差沒大叫著抖出這件事。」

她送他到撞球間門口。

「你至少換個衣服吧。」她離去之前對他說。「你看起來像個叫化子。」

這件新聞給撞球間帶來了一群吵鬧的客人。羅格先生盡力招待所有人，一次服務好幾桌。達馬索等著老闆經過他的身邊。

「需要我幫忙嗎？」

羅格先生把半打啤酒和幾個倒扣在瓶口的玻璃杯放在他的面前。

「孩子呀，謝謝你。」

達馬索把啤酒送上桌。他收下好幾張點菜單，來來回回送啤酒。直到客人紛紛去吃午飯。凌晨時分，他回到房間。安娜發現他喝了酒。她牽起他的手，放到她的肚皮上。

「摸摸這裡。」她對他說。「你沒感覺嗎？」

達馬索臉上看不出一絲欣喜。

「他已經有生命。」安娜說。「他在肚子裡踢了一整晚。」

但是他沒反應。他只想著心事，隔天一大清早出門，混到半夜才回家。就這樣，過了一個禮拜。他在家中的寥寥可數時刻，都是躺著抽菸，迴避跟她談話。安娜小心翼翼地照料他的需求。他們剛開始同居時，有一回他也是這副態度，當時她對他認識不深，不懂得別過問。於是達馬索在床上騎上她的身體，把她狠狠地打到頭破血流。

這一次，她決定等待。夜晚，她在檯燈旁放一盒菸，她知道他能忍受飢餓和口渴，但克制不了菸癮。最後，七月中旬時，達馬索在天黑時回家。安娜感到不安，她心想他會在這個時間回來找她，應該是茫然失措。他們共進晚餐，沒有交談。但是在上床之前，達馬索顯得心慌意亂，虛弱無力，突然間他說：

「我想離開。」

「去哪裡？」

「哪裡都好！」

安娜的視線掃過房間。那些她親手剪下的雜誌封面，和電影明星石板印刷照，貼滿了整面牆壁，可如今已顯老舊褪色，她沒注意，在床上看了千百回之後，會帶走上面的顏色。

「你不喜歡我了。」她說。

「不是那樣。」達馬索說。「是不喜歡這座村莊。」

「這是一座跟其他村莊大同小異的村莊。」

「球賣不掉呀。」達馬索說。

「別管那些球了。」安娜說。「只要天主保有我捶打洗衣的力氣，你就不必冒險。」停頓一下，她又輕聲補充：「我真不搞不懂你怎麼會惹這種麻煩。」

達馬索抽完菸後開口。

「我才搞不懂為什麼沒人想幹這麼簡單的事。」他說。

「就算為了錢，」安娜說。「也沒人會偷球，那太傻了。」

「因為靈光乍現。」達馬索說。「當我看到櫃檯後面裝在盒子裡的球，我心想，花那麼大的力氣，絕不能兩手空空回家。」

「時間點不對。」安娜說。

達馬索感到如釋重負。

「新的球還沒寄到。」他說。「那邊的人通知現在球比較貴，羅格先生說這要怎麼做生意。」他點燃另一根菸，講話的同時，他感到內心退去了某種黑暗的東西。

他說，撞球間老闆已經決定賣掉撞球桌。桌子不值錢。因為初學者動作粗魯，桌面絨布早已破爛經過縫補，拼成東一塊西一塊的不同顏色，需要整張換掉。而且，在撞球間消磨大部分時光的顧客，僅剩的娛樂是聽棒球聯賽轉播。

「總之，」達馬索下結論。「我們害村莊遭殃，這是無心之過。」

「自己也沒撈到好處。」安娜說。

「下個禮拜聯賽就要結束了。」達馬索說。

「這不是最糟的。最糟的是那個黑仔。」

安娜靠在他的肩上，一如他們初在一起的時光，她知道丈夫心裡在想什麼。她等他抽完第二根菸。接著，她用謹慎的語氣說：

「達馬索。」

「什麼事？」

「把球還回去吧。」

他又點燃一根菸。

「我這幾天就是在考慮這件事。」他說。「但煩人的是，我不知道該怎麼做。」

於是，他們決定把球丟棄在公共場所。之後安娜心想，這件事雖然能解決撞球間的問題，卻化解不了黑仔的麻煩。警察或許會用很多方式來解讀撞球的出現，卻不會還黑仔清白。她也不排除有人發現撞球卻沒歸還的風險，最後私吞和賣掉。

「既然有可能這樣。」安娜下結論。「就要從長計議。」

他們把球挖出來。安娜用報紙包好，並注意包好後無法辨識內容物，接著收進衣箱裡。

「現在只差等待好時機。」她說。

但是等待時機花了兩個禮拜。八月二十日夜晚，就在那次行竊的兩個月過後，達馬索發現羅格先生坐在櫃檯後面，拿著一把棕櫚葉扇子驅趕蚊子。沒有廣播的聲響，他顯得更加孤獨落寞。

「我就跟你說過。」羅格先生語氣帶點欣喜，因為他的預言果然成真。「這裡會完蛋。」

達馬索把一枚硬幣投進自動點唱機。他想音樂的聲量和機器的彩色燈光，能充分證明他的忠誠。不過他感覺羅格先生似乎沒有發現。於是，他搬來一張椅子，試著說些轉移注意力的話題安慰他，但是老闆隨著隨意搧風的節奏，有一搭沒一搭地回應。

「我束手無策了。」他說。「棒球聯賽總不可能轉播一輩子。」

「但是球或許會出現。」

「不會出現的。」

「黑仔不可能把東西吃下肚。」

「警察翻遍了每個角落。」羅格先生用一種絕望的語氣說。「他扔進河裡了。」

「或許會發生奇蹟。」

「孩子，別痴人說夢了。」羅格先生回答。「不幸就像在海螺內迴盪的聲音。你相信奇蹟？」

「有時候吧。」達馬索說。

他踏出撞球間之後，電影院還沒散場。響亮而破碎的對話聲從擴音器傳出來，在靜悄悄的村子裡迴盪，少數幾棟還開著門的屋子裡面，大約是臨時在忙些什麼。達馬索在電影院附近閒晃一會兒。接著他去了舞廳。

樂隊只為一個顧客伴奏，他正在和兩名舞女共舞。其他舞女識相地倚牆而坐，似乎在等待輪到自己的機會。達馬索在一張桌子邊坐下來，向酒保要了一瓶啤酒，他就著瓶口一口氣灌下，中間只停下來喘氣幾次，他透過玻璃杯身觀看那個男人如何與兩個舞女翩翩起舞。男人比她們還要矮小。

到了午夜，看完電影的女人紛紛上門，她們身後跟著一群男人。達馬索的女性朋友也在其中，她丟下了其他人，在他的桌邊坐下來。

達馬索沒看她。他已經喝掉半打啤酒，視線仍緊盯著那個男人，此刻他正在跟三名舞女跳舞，不過沒搭理她們，只是自娛自樂，自顧自地欣賞腳下華麗的舞步。他看似快樂似神仙，如果他除了手腳，還有尾巴，顯然會更加快樂。

「我不喜歡那個傢伙。」達馬索說。

「那麼就不要看他。」女孩說。

她向酒保點了一杯酒。舞池上開始出現一對對舞伴，但是與三個舞女共舞的那個男人依舊覺得舞廳中只有自己一人。他在經過達馬索面前，與他四目交接，特意奮力跳舞，送給他一個微笑，露出小顆的兔牙。達馬索眼睛眨也不眨，回瞪他的視線，直到男人臉色一沉，轉身背對。

「他自以為非常開心。」達馬索說。

「他的確非常開心。」女孩說。「他跟所有出差的警員一樣，每回來村裡，都自掏腰包選歌。」

達馬索張著茫然的雙眼，轉過來看他。

「那麼滾去找他吧。」他說。「他應付得了三個，四個肯定也沒問題。」

她沒答腔，別開了臉看向舞池，一口口慢慢地啜飲她的酒。她那身鵝黃色洋裝加深了給人靦腆的感覺。

他們又跳了一場。最後，達馬索心煩氣躁。

「我快餓死了。」女孩說，她拽著他的手臂走向吧檯。「你也得吃點東西。」那個開心的男人帶著三名舞女迎面而來。

「嘿。」達馬索對他說。

那男人衝著他直笑，不過沒停下腳步。達馬索掙脫女伴的手臂，堵住他的去路。

「我不喜歡你的牙齒。」

男人臉色刷白，但依然掛著微笑。

「我也不喜歡。」他說。

女孩還來不及阻止，達馬索就往男人臉上揮一拳，害他跌坐在舞池中央。沒有任何客人敢插手。那三名舞女抱住達馬索的腰，尖叫著，女孩則推著他往舞廳盡頭走。那男人站了起來，一臉驚恐地瞪著這一幕。他像隻猴子在舞池中央跳了起來，然後大叫：

「繼續演奏！」

將近兩點時，舞廳幾乎空蕩蕩，沒有了客人，跳舞女郎開始吃飯。天氣悶熱。女孩端了一盤菜豆炸肉飯回到桌邊，拿著湯匙吃個精光。達馬索看著她，目光流露吃驚。她向他遞去一匙飯。

「張開嘴巴。」

達馬索垂下臉，搖了搖頭。

「那是女人吃的。」他說。「我們男人才不吃。」

他準備起身，但不得不撐著桌面才能站起來。當他終於站穩之後，酒保雙手環抱前胸，站在他的面前。

「一共九塊八十分錢。」他說。「這裡可不是政府的慈善機構。」

達馬索推開他。

「我不喜歡娘娘腔。」他說。

酒保抓住他的袖子，但是他看見女孩的一個手勢後放開他，並說：

「那麼你可不知道你錯過什麼。」

達馬索踩著踉蹌的腳步離開。月光下，河面閃爍神秘的光芒，還給了他的腦袋一絲理智。但是他立刻又糊塗起來。當他看見竟到了村莊另一頭的自家門口，他相信剛剛在夢遊中走了一段路。他甩了甩頭。他頭昏腦脹，但立即發現，他必須從這一刻開始看好自己的每個動作。他推開了門，小心翼翼，以免鉸鏈發出聲響。

安娜感覺他在衣箱翻東西。她翻過身去對著牆壁，想避開燈光，但接著她發現丈夫並沒有更衣。猛然一個預感，她從床上坐了起來。達馬索在衣箱旁邊，手裡拿著撞球包裹和一支手電筒。

他舉起食指放在脣上。

安娜從床上跳下來。「你瘋了。」她低聲呢喃，奔向了門口。她飛快地拉上門栓。達馬索把手電筒、一把小刀和一支尖銳的銼刀收進褲子口袋，手臂夾緊包裹，走向了她。安娜後背抵著房門。

「只要我還活著，你就休想從這裡出去。」她低喃。

達馬索試圖推開她。

「滾開。」他說。

安娜雙手緊緊抓住門框。他們瞪著彼此，眼睛眨也不眨。

「你真是頭蠢驢。」安娜低喃。「天主賜給你眼睛，卻沒給你腦子。」

達馬索揪住她的頭髮，扭住她的手腕，壓下她的頭，低聲說：「我叫妳滾開。」

安娜像套住軛的牛，睜著變形的眼斜睨他。有那麼一瞬間，她感覺自己戰勝疼痛，比丈夫強壯，但是他依然扭扯她的頭髮，直到她再也忍不住掉淚。

「你會殺死我腹中的孩子。」她說。

達馬索幾乎是抬起她回到床邊。她一被放開，立刻跳上他的後背，雙腿和雙手纏住他，兩個人摔在床上。他們開始喘不過氣而癱軟無力。

「我會大叫。」安娜在他耳邊低聲說。「你要是敢出門，我就放聲尖叫。」

達馬索氣得直哼哧，他拿起撞球包打她的膝蓋。安娜發出呻吟，鬆開了雙腿，但再次抱住他的腰，阻止他走向門口。這時她開始苦苦哀求。

「我向你保證，我明天親自送去還。」她說。「我會趁沒人注意偷偷放回去。」

他們離門口越來越近，達馬索拿著球猛打她的雙手。她鬆開手一會兒，等待不痛了。又抱住他，繼續哀求。

「我可以說是我做的。」她說。「我挺著這個肚子，他們不可能會把我捉去關。」

達馬索掙脫了她。

「全村的人都會看到你。」安娜說。「你怎麼這麼蠢，難道沒看見明月高照。」她趁門栓還沒完全拉開，又衝上去抱住他。這時，她閉著眼睛，捶打他的脖子和臉孔，幾近尖叫：「畜生！畜生！」達馬索試著自衛，她撲向門栓，從他手中搶下來。她拿了起來，往他的頭敲下去。達馬索避開了門栓，那一擊卻落在他的肩膀，骨頭發出像是玻璃的清脆響聲。

「婊子。」他大吼。

就在這一刻，他再也顧不得會發出吵鬧聲。他舉起拳頭痛毆她的耳朵，聽見那具身軀發出重重的呻吟，猛力撞上了牆壁，但是他沒看一眼。他踏出房間，沒有關上門。

安娜依然倒在地上，她疼痛不已，驚恐萬分，等待肚子可能發生的意外。有人在牆外呼喚她，彷彿來自往生者的聲音。她咬緊嘴脣，以免哭出來。接著她站起來更衣。她如同第一次一樣，沒料到達馬索還在屋前，正喃喃自語說計畫已經失敗，他等她出來對他大聲吼出來。但是安娜又犯了同樣的錯：她沒追著丈夫背後出門，而是穿上了鞋子，關好門，在床邊坐下來等待。

門關上後，達馬索明白無路可退。他走到街道盡頭，引起一陣吵鬧的狗吠，但接下來是一陣陰森的死寂。他避開人行道，躲開自己的腳步聲，在沉睡的村莊中，他腳下的步伐像是別處的轟天巨響。當他抵達撞球間後門對面的泥濘空地，又開始繃緊神經。

這一次，手電筒派不上用場。那扇門被撬壞的只有掛鎖的搭扣環位置。他們移除了門上一塊磚頭大小和形狀的木頭，換上新的木頭，然後再把同樣的搭扣環裝回去。其餘部分不變。達馬索伸出左手拉起大鎖，把銼刀的尾端插進沒被撬開的搭扣環底下，使力但不至於猛力轉動幾下，彷彿那是汽車的平衡桿，最後木頭鬆開，發出腐朽的木頭崩壞的聲響。推開門之前，他抬高不平的門板，以減低摩擦磚塊地面的聲音。他把門打開一半。最後，他脫下鞋子，把鞋子跟球包滑進去，在胸前比畫十字，踏進了月光滿溢的大廳。

首先出現在他前面的是一條堆滿酒瓶和空箱的走道。再過去，月光從玻璃天窗傾瀉而下，撞球桌就在那裡，再往前是櫃子後面，最後是頂住大門用以防盜的桌子和椅子。一切如同第一次，只差滿室月光和萬籟無聲。原本一直按捺緊張情緒的達馬索，在這一刻感到奇妙的目眩神迷。

這一次，他沒管鬆動的磚頭。他用鞋子推上大門，穿越那片月光，接著打開手電筒，尋找吧檯後面的球盒。他的動作毫不謹慎。他拿著手電筒左探右照，看見一堆布滿灰塵的空罐，一對馬鐙和馬刺，一件捲起沾滿機油的髒襯衫，接著是放在先前位置上的球盒。不過，他沒停下來，繼續用手電筒探照到最後面。貓就在那裡。

那隻貓的視線穿過光線落在他身上，模樣並不神秘。達馬索專注看著牠，直到他想起從未在白天看過牠出現在大廳裡，不禁感到一絲毛骨悚然。他把手電筒再往前照，輕喊：「噓。」但是貓依然動也不動。這時，他的腦子裡彷彿發生一場無聲的爆炸，那隻貓從他的記憶裡消失無蹤。當他回過神，察覺發生了什麼事，他已經鬆開手電筒，把球包緊緊地壓在胸前。大廳燈火通明。

「嘿！」

他認出那是羅格先生的聲音。他慢慢地站直身軀，察覺可怕的疲倦感襲向肚子。羅格先生從大廳盡頭走過來，他穿條內褲，手拿一根鐵棍，還因為燈光而頭昏眼花，玻璃瓶和空箱子堆後面掛著一張吊床，非常靠近達馬索進來時經過的地方。這一點也跟上一次不一樣。

當羅格先生在距離不到十公尺時跳起來，提高了警覺。達馬索把拿著包裹的那隻手藏到背後。羅格先生皺起鼻子，他沒戴眼鏡，脖子往前一伸，想認出眼前的人是誰。

「小夥子。」他驚呼。

達馬索感覺有件無休無止的事終於結束。羅格先生放下鐵棍，張著嘴巴走過來。他沒戴眼鏡也沒裝假牙，模樣像個女人。

「你在這裡做什麼？」

「沒做什麼。」達馬索說。

他輕輕地動一下，換了個姿勢。

「你手上拿的那個是什麼？」羅格先生問。

達馬索往後退去。

「沒什麼。」他說。

羅格先生臉色漲紅，身體開始顫抖。

「你拿的那個是什麼東西？」他咆哮，舉起了鐵棍往前走。達馬索把包裹遞給他。羅格先生伸出左手接過來，不過沒放下戒心，他用指頭觸摸檢視。這時他恍然大悟。

「怎麼可能。」他說。

他目瞪口呆，把鐵棍放在吧檯上，打開包裹時，似乎忘記達馬索的存在。他安靜地瞪著球看。

「我來把它們放回去。」達馬索說。

「當然。」羅格先生說。

達馬索臉色慘白。他已經完全酒醒，只剩舌頭上還殘留像爛泥的一點餘味，和一種茫然的寂寞。

「這真是個奇蹟。」羅格先生封好包裹說。「我不敢相信你這麼蠢。」

當他抬起頭，表情已經改變。

「那兩百塊披索呢？」

「抽屜裡沒有錢。」達馬索說。

羅格先生若有所思地望著他，嘴巴無力地咀嚼，接著露出微笑：

「沒有錢。」他重複了幾次。「所以說，沒有錢。」

他再一次拿起鐵棍說：

「我們立刻去找村長把來龍去脈搞清楚。」

達馬索把雙手的汗水往褲子抹乾。

「您很清楚那裡面沒錢。」

羅格先生依然掛著微笑。

「有兩百塊披索。」他說。「現在他們會狠狠辦你，不只是竊盜，還有愚蠢。」

一九六二年

巴勒塔薩爾的美妙午後

La prodigiosa tarde de Baltazar

鳥籠已經完工。巴勒塔薩爾照例把籠子掛在屋簷下，中午吃完飯後，到處已經相傳那是世界上最漂亮的鳥籠。許多人前來欣賞，擠在屋子對面鬧烘烘一片，巴勒塔薩爾不得不拿下鳥籠，關上木器行。

「該刮鬍子了。」他的妻子烏蘇拉對他說。「你活像個修士。」

「午飯後刮鬍子不吉利。」巴勒塔薩爾說。

他兩個禮拜沒刮鬍子，平頭頂上的髮根如同驢子的鬃毛又短又硬，而且擺出那副小夥子驚慌失措模樣。但表情是偽裝的。二月時，他已經滿三十歲，和烏蘇拉同居四年，但是沒結婚也沒生孩子，他面對人生常保戒心，但是他從不擔心受怕。他甚至不知道在某些人眼裡，他剛完工的是世界上最漂亮的鳥籠。他從小習慣製作鳥籠，對他來說，這個作品不比其他的難。

「那麼你休息一下吧。」他的妻子說。「留著那鬍子，你哪兒也不能去。」

休息時間，他不得不三番兩次下吊床，展示鳥籠給鄰居看。這時烏蘇拉才注意到這件事。她不太開心，因為丈夫全心全意投入製作鳥籠，冷落了木器行的工作，整整兩個禮拜，他輾轉難眠，步履蹣跚，胡言亂語，無心思及刮鬍子這件事。不過她的怨氣在鳥籠完工前已經煙消雲散。當巴勒塔薩爾午覺醒來，她已經燙好他的褲子和襯衫，擺在吊床邊的一張椅子上，把鳥籠拿到飯廳桌上。她默默地欣賞著鳥籠。

「你要開多少錢？」她問。

「不知道。」巴勒塔薩爾回答。「我準備開三十塊披索，看客人願不願意出二十塊錢。」

「開五十塊錢吧。」烏蘇拉說。「你這十五天來經常通宵工作。

而且，這是一個很大的鳥籠。我想，這是我這輩子看過的最大的鳥籠。」

巴勒塔薩爾開始刮鬍子。

「妳覺得客人願意出五十塊錢？」

「這筆錢對荷西・蒙提耶先生來說根本不算什麼，鳥籠的確值這個價錢。」烏蘇拉說。「你應該開六十塊錢。」

昏暗的屋內熱氣逼人。這是四月的第一個禮拜，蟬聲嘒嘒，似乎讓炎熱的天氣更難熬。巴勒塔薩爾換好衣服，打開面向院子的門，讓屋內通風，這時一群孩子闖進了飯廳。

消息傳開來了。烏塔維沃・西拉爾多是個老醫生，他很滿意他的人生，但早已厭倦行醫，此刻他正一邊和行動不便的妻子吃午飯，一邊想著巴勒塔薩爾的鳥籠。天氣轉熱時，他們會把餐桌搬到內院用餐，這裡有許多花盆和兩個金絲雀鳥籠。

他的妻子愛鳥，到了無法自拔的地步，甚至怨恨起貓，因為牠們會吃鳥。這天下午，西拉爾多醫生到一位病人家出診，他惦著妻子，回程到巴勒塔薩爾家一趟，想了解那個鳥籠。

飯廳裡人滿為患。鳥籠擺在餐桌上展示，那巨大的鐵絲穹頂底下一共有三層，有通道也有特別用來吃飯和睡覺的小房間，供鳥兒戲耍的鞦韆就擺在預留的空間，簡直就像一座雄偉的冰上建築的縮小模型。醫生細細檢視，沒有伸手摸，他心想這個鳥籠遠勝於它的名聲，比他的妻子夢寐以求的鳥籠還要巧奪天工。

「這是一場想像的冒險。」他說。他在人群中找到巴勒塔薩爾，那雙慈愛的眼睛望著他又說：「你真是個天賦異稟的建築師。」

巴勒塔薩爾兩頰發熱。

「謝謝。」他說。

「是真的。」醫生說。醫生長得福態，一如年華老去的美女身上那種光滑柔嫩的豐腴，他有一雙細緻的手。他講話恍若神父說拉丁文。「裡面不用關鳥。」他一邊說，一邊在眾目睽睽之下轉動鳥籠，彷彿正在推銷。「只要把它掛在樹林裡，它就能自己唱歌。」他把鳥籠放回桌上，凝視鳥籠，若有所思，半晌又說：

「好吧，我要帶走了。」

「已經賣掉了。」烏蘇拉說。

「這是荷西・蒙堤耶先生的兒子的鳥籠。」巴勒塔薩爾說。「他派人來訂做的。」

醫生換上恭敬的態度。

「這是他指定的樣式？」

「不是。」巴勒塔薩爾說。「他只說他想要一個大鳥籠，怎麼樣的都可以，要給一對黃鸝住的。」

醫師望著鳥籠。

「但是這不是給黃鸝住的。」

「當然是給黃鸝住的，醫生。」巴勒塔薩爾邊說邊靠近餐桌。一群孩子圍住了他。「尺寸大小經過仔細計算。」他說，食指指向兩個不同的小房間。接著，他舉起指關節敲了敲穹頂，鳥籠裡迴盪低沉的弦音。

「這是我所能找到最堅固耐用的鐵絲，每個接口都從內外緊緊固定。」他說。

「給一隻鸚鵡住也沒問題。」有個孩子插嘴說。

「沒錯。」巴勒塔薩爾說。

醫生搖了搖頭。

「嗯，不過他沒指定樣式。」他說。「給黃鸝住的大鳥籠跟這一個鳥籠是兩回事。看不出來是跟你訂做的。」

「就是這個沒錯啊。」巴勒塔薩爾一頭霧水說。「所以我做了這個鳥籠。」

醫生露出不耐的神情。

「您可以再做一個鳥籠。」烏蘇拉看著她的丈夫說。接著，她對醫生說：「您不急的話。」

「我答應太太今天下午就帶給她。」醫生說。

「非常抱歉，醫生。」巴勒塔薩爾說。「但是出售品沒辦法賣。」

醫生聳聳肩膀。他拿起手帕擦乾脖子的汗水，默默地凝視鳥籠，他的視線停駐在一個不確定的點，彷彿望著一艘遠離的船。

「他們出多少錢？」

巴勒塔薩爾沒有回答，看向了烏蘇拉。

「六十塊披索。」她說。

醫生繼續看著鳥籠。

「這是個精美的鳥籠。」他嘆口氣。「精美絕倫。」

接著，他轉身走向門口，開始用力搧風，臉上掛著微笑，這段插曲永遠地從他的回憶消失。

「蒙堤耶非常富有。」

事實上，荷西．蒙堤耶並不像表面那般家財萬貫，但是為了有錢，他什麼事都幹得出來。離這裡不到幾個街區有一棟屋子，裡面堆滿各種物品，彷彿沒有不能賣的東西，但是荷西．蒙堤耶對鳥籠的消息無動於衷。他的妻子深受死亡的念頭折磨，午飯過後，她關上門窗，荷西．蒙堤耶睡了午覺，她卻睜著眼睛躺在昏暗的房間裡兩個小時。直到一陣嘈雜的說話聲驚動了她。於是她打開大廳的門，看見一群人聚在屋子對面，和巴勒塔薩爾拿著鳥籠在人群中間，他一身白衣服，剛刮完鬍子，臉上掛著那種窮人到富人家門前恰如其分的天真。

「真是巧奪天工之作。」荷西．蒙堤耶的妻子驚呼，她帶著發亮的表情，領著巴勒塔薩爾進到屋內。「我這輩子還沒看過這樣的東西。」她說，但是她很生氣一群人擠在大門口，所以又說：「但是帶回屋裡，會讓我們家的大廳變成藝廊。」

巴勒塔薩爾對荷西．蒙堤耶來說並非陌生人。他的工作效率高，完成度也不錯，曾好幾次被委以小件的木工作品。但是他在富人之間從未感到自在。他經常想著他們，和他們容貌醜陋又惹人厭的妻子，心底不由得浮起憐憫之情。他每回踏進他們屋裡，總是拖著腳走路。

「佩佩在嗎？」他問。

他把鳥籠放在飯廳的桌上。

「他在學校。」荷西．蒙堤耶的妻子說。「但是差不多該到家了。」接著她又說：「蒙堤耶在洗澡。」

事實上，荷西．蒙堤耶並沒有時間洗澡。他急忙塗上樟腦精，正準備出去看看發生什麼事。他是個警覺性高的人，睡覺時不開電風扇，為的是監視屋裡的動靜。

「過來看看這件巧奪天工的創作。」他的妻子大喊。

荷西．蒙堤耶體型魁梧，毛髮濃密，他掛條毛巾，從臥室的窗戶探身出來。

「那是什麼？」

「佩佩的鳥籠。」巴勒塔薩爾肯定說。接著，他對荷西．蒙堤耶說：「佩佩向我訂做的。」

在這一刻，什麼事都沒發生，但是巴勒塔薩爾感覺浴室的門似乎打開了。荷西・蒙堤耶穿著內褲從臥室出來。

「佩佩。」他咆哮。

「他還沒到家。」他的妻子沒有任何動作，僅是回答。

佩佩出現在門口。他大約十二歲，繼承了母親的捲翹睫毛和沉默的多愁善感。

「過來這裡。」荷西・蒙堤耶對他說。「你訂做這個東西？」

小男孩垂下頭。荷西・蒙堤耶揪住他的頭髮，逼他抬起頭直視他的眼睛。

「回答。」

小男孩啃咬嘴唇，沒有答話。

「蒙堤耶。」他的妻子低聲呼喚。

荷西．蒙堤耶鬆開孩子，轉過身，一臉憤怒地看向巴勒塔薩爾。

「非常抱歉，巴勒塔薩爾。」他說。「你在開工之前，應該要問我才對。你怎麼會跟一個孩子打契約。」他邊說邊拾回了理智。他拿起鳥籠，連看都沒看一眼就還給巴勒塔薩爾。「請你立刻拿回家，想辦法賣給其他人。」他說。「我特別請求你，不要跟我爭論。」他輕拍一下他的背，接著解釋。「醫生不准我發脾氣。」

小男孩杵著不動，眼睛眨也沒眨，直到巴勒塔薩爾拿著鳥籠，一頭霧水看他。這時他喉間發出一個聲音，彷彿狗的嘟囔，接著倒在地上尖叫。

荷西．蒙堤耶不為所動地看著他，孩子的母親則試著安撫他。

「不要扶他起來。」他說。「就讓他在地上撞破頭，再給他撒鹽和檸檬，他想怎麼生氣就怎麼生氣。」

小男孩尖聲叫喊，但臉上沒有眼淚，他的母親抓住他的兩邊手腕。

「隨他去。」荷西．蒙堤耶不退讓。

巴勒塔薩爾看著小男孩，像是看到一隻染病的動物正在垂死掙扎。

這個時候，烏蘇拉在屋裡一邊切洋蔥，一邊吟唱一首非常古老的歌。

「佩佩。」巴勒塔薩爾說。

他一臉笑容，走到小男孩身旁，把鳥籠遞給他。小男孩跳了起來，抱住幾乎跟他一樣大的鳥籠，接著愣在那兒，視線穿過金屬線看著他，不知道該說什麼。他沒掉一滴淚。

「巴勒塔薩爾。」蒙堤耶輕聲說。「我說過了，請你帶回去。」

「把鳥籠還回去。」母親命令孩子。

「留著吧。」巴勒塔薩爾說。接著，他向荷西・蒙堤耶說：「無論如何，這是我為訂做而做的。」

荷西・蒙堤耶跟著他到了客廳。

「不要傻了，巴勒塔薩爾。」他攔下他的腳步並說。「把你的廢物帶回去，不要做傻事。我一毛錢都不想付給你。」

「沒關係。」巴勒塔薩爾說。「我已經表示要送給佩佩。我不打算收錢。」

當巴勒塔薩爾邁開腳步，穿過堵在門口的好奇民眾，荷西・蒙堤耶的咆哮從屋子中央竄出。他臉色慘白，眼睛開始充血。

「蠢蛋。」他大吼。「把你的破爛拿回去。在我家最不需要有人擅做主張。混帳！」

撞球間響起一陣歡呼，迎接巴勒塔薩爾上門。直到這一刻，他還想著他創作了一件比其他鳥籠還出色的作品，想著他得把心血送給荷西．蒙提耶的兒子，好讓他別繼續哭哭啼啼，這一連串舉動並沒有特別了不起。

但接著他發現，這一切對許多人來說還是有點意義，於是他感到有些飄飄然。

「所以，他們付你五十塊披索買鳥籠？」

「六十塊。」巴勒塔薩爾說。

「破新紀錄了。」有人說。「你是唯一從荷西．蒙提耶身上挖到這麼多錢的人。應該要好好慶祝一番。」

有人請巴勒塔薩爾喝啤酒，他也回敬所有人。這是他第一次喝酒，天黑時他已經爛醉如泥，說了一個要打造上千個六十塊披索鳥籠的神話般計畫，接著是一百萬個鳥籠，直到湊齊六千萬披索。

「要多做一點東西，趕在富人死前賣給他們。」他醉言醉語地說。「他們都病了，而且都快死了。他們非常不幸，連生氣都沒辦法。」

巴勒塔薩爾花了錢，讓自動點唱機不停地播放歌曲整整兩個小時。所有人祝巴勒塔薩爾身體健康、好運和發財，也祝富人早死，但是吃飯時間一到，大家紛紛離去，丟下他孤零零一個人在大廳。

烏蘇拉煮了一盤洋蔥切片炸肉，在家等丈夫等到了八點。有人跟她說，她的丈夫在撞球間快樂似神仙，端著啤酒跟大家敬酒，但是她壓根兒不相信，因為巴勒塔薩爾從沒喝醉過。當她上床睡覺時，已將近午夜，巴勒塔薩爾還在一個燈火通明的大廳，那兒有一張張小桌子，每張桌子邊擺四張椅子，還有一個露天的舞池，幾隻石鴴在這裡遛達。他滿臉紅通通，醉得沒辦法再走一步，心想：真想跟兩個女人同睡一張床上。他花了一大筆錢，不得不留下手錶做抵押，保證隔天來算帳。半晌過後，他四腳朝天摔倒在街道上，他發現有人在脫他的鞋子，但是他捨不得從這輩子最快樂的夢中醒來。清晨五點去望彌撒的婦女打從他的身邊經過，都當他已魂斷街頭，不敢看他。

一九六二

蒙堤耶的寡婦

La viuda de Montiel

荷西・蒙堤耶斷氣時，除了他的遺孀，每個人都覺得終於報了仇。可是，要等到好幾個小時過後，大家才相信這是真的。許多人依然心存猶疑，即使看到屍體躺在悶熱的臥房裡，而那口黃色棺木跟熟透的哈密瓜一樣顏色，裡面塞著抱枕和亞麻被單。他兩頰的鬍鬚刮得非常乾淨，一身白衣和一雙漆皮靴子，他的面容一輩子都不曾像此刻如此安詳。這正是荷西・蒙堤耶每個禮拜日的打扮，只是他聽主日彌撒時，雙手拿的是十字架，而不是鞭子。一直到鎖上棺蓋，把棺木封在華麗的家族陵寢裡，整座村莊才打從心底相信他不是裝死。

葬禮過後，除了遺孀，大家都難以相信荷西・蒙堤耶是自然死亡。所有人都期盼他在某次埋伏中被人從背後開槍打死，他的遺孀卻堅信，她會看到丈夫老死在他們的床上，不但完成死前告解，也沒有經歷垂死掙扎，彷彿現代的聖人。她只錯了幾個細節。荷西．蒙堤耶是死在他的吊床上，那是一個禮拜三的下午兩點，死因是罔顧醫生禁止他生氣。但是他的妻子也預期全村莊都會來參加葬禮，以及屋子太小容納不下那麼多的花。然而，來送葬的人只有他的同伴和教會團體，收到的只有村辦公室送來的花圈。他們在德國擔任領事的兒子和兩個在巴黎的女兒發來三頁長的電報。看來，那是他們站在郵局裡用公用墨水寫成，在湊完二十塊美元的字數之前，撕破了不少格式紙。他們沒有一個要趕回來。這天晚上，六十二歲的蒙堤耶寡婦躺在曾給她幸福的丈夫躺過的枕頭上哭泣，她頭一次嘗到怨恨的滋味。「我要永遠足不出戶。」她心想。「我感覺自己也跟著荷西．蒙堤耶躺進那具棺木。我再也不想知道這個世界發生的事。」她是認真的。

這個飽受迷信折磨的脆弱女人，當年經由父母決定，嫁給只能隔著十公尺距離相看的唯一追求者，她在接下來的二十年婚姻生活中，從未跟現實世界直接接觸。丈夫的屍體抬出家中三天過後，她在淚水中明白自己要有所改變，但是她找不到新生活的方向。她必須從頭開始。

荷西・蒙堤耶帶進墳墓的秘密多得數也數不清，其中她搞不清楚保險櫃的組合號碼。村長幫她解決了這個問題。他派人把保險櫃搬到院子的牆邊，命兩名警員拿起步槍打壞鎖頭。一整個早上，蒙堤耶的寡婦在臥室裡，聽著打在鎖頭上的槍響和村長吼出的一連串命令。「這是最後一次。」她心想。「我苦苦哀求天主五年，希望槍聲銷聲匿跡，如今卻得感謝天主讓他們在我的屋裡開槍。」這一天，她努力聚精會神，呼喚死亡，但是沒有得到任何回應。當她快睡著時，可怕的爆炸聲震得房屋地基搖晃。他們不得不用炸藥炸開保險櫃。

蒙堤耶的寡婦發出一聲嘆息。十月下著永無止盡的雨，在地上積成水窪，她感到自己像艘船，迷失在荷西・蒙堤耶混亂的傳奇莊園裡。卡爾米蓋耶先生長久以來侍奉他們家族，工作勤奮，負責管理的工作。當蒙堤耶的寡婦終於能面對丈夫過世的事實，她才踏出臥室，開始整理屋子。她拆除所有裝飾，命人替家具裝上哀傷色調的墊套，為牆壁上的逝者肖像掛上喪禮黑絲帶。她足不出戶兩個月，在這期間她養成啃咬手指的習慣。有一天，她睜著一雙哭得紅腫的雙眼，發現卡爾米蓋耶先生撐著一把打開的雨傘踏進屋內。

「卡爾米蓋耶先生，請合上那把雨傘。」她對他說。「在發生這麼多不幸之後，我們不需要你再撐傘進屋。」

卡爾米蓋耶先生把雨傘放在角落。他是個老黑人，皮膚油亮，一身白色打扮，那雙鞋子上用小刀劃了幾刀，以減緩腳繭造成的壓迫。

「等雨傘乾了就收起來。」

自從丈夫過世後，她第一次打開了窗戶。

「除了不幸接二連三，這個冬天似乎也永遠不會放晴。」她啃咬指甲低聲說。

「雨今天不會停，明天也不會停。」她的總管說。「昨晚腳繭把我折磨得睡不著覺。」

她相信卡爾米蓋耶先生的腳繭能預測天氣。她凝視景色哀淒的小廣場，安靜的屋子，那些大門都深深鎖上，因為不願見到荷西・蒙提耶的葬禮，這時她對她的指甲，對她看不到邊際的土地，感到一股絕望，還有那些她永遠無法釐清的從丈夫那兒繼承下來的合約。

「這個世界有瑕疵。」她嗚咽說。

這段日子，來拜訪她的人都有理由相信她喪失理智。但此刻卻是她有生以來最清醒的時間。政治屠殺之前，她已經在十月陰暗的早晨站在臥室的窗戶前面同情死者，並且想著：如果天主不在禮拜天休息，祂或許會有時間毀滅這個世界。

「天主應該好好利用那一天的，這樣就不會留下那麼多遺憾。」她說。「總之，祂有永恆的時間可以休息。」

丈夫過世後的唯一不同，是她有了正當的理由，沉溺在陰暗的想法裡。

就這樣，當蒙堤耶的寡婦逐漸消蝕在她的絕望中，卡爾米蓋耶先生試圖阻止她的家族事業沉淪。事情進行得並不順利。荷西．蒙堤耶以恐嚇為手段壟斷當地生意，擺脫他的威嚇之後，村莊展開報復。顧客遲遲不上門，堆在院子裡的牛奶在罐子裡凝結，蜂蜜在皮囊裡發酵，乳酪在地窖漆黑的櫃子裡養肥了蛆蟲。荷西．蒙堤耶躺在綴滿電燈泡，和大天使仿大理石雕像的陵寢裡，為他六年來的殺人和暴行付出代價。國史上從未有人像他在這麼短的時間內成為暴發戶。當獨裁時期的第一任村長來到村莊，荷西．蒙堤耶還是個謹慎支持所有政權的牆頭草，那時他大半輩子都穿著內褲坐在稻米脫殼機旁。有一段時間，他以幸運、忠實的信徒，贏得些許名聲，因為他高聲保證，如果中了彩券，要贈予教堂一座真人大小的聖約瑟大理石雕像，而兩個禮拜過後，他贏得六張彩券，並實現諾言。大家第一次看到他穿上鞋子，是新村長抵達那天，這個新村長是中士職級的警察，是個粗野的左撇子，他奉命整肅反對派。荷西・蒙堤耶開始當他忠實的線民。這位謹慎為上的商人，有著肥胖的人特有的平靜性格，他並沒有引起一丁點不安，他把他的所有對手分為富人和窮人。警察在廣場上槍決窮人，給富人二十四小時時間離開村莊。荷西・蒙堤耶一天到晚和村長關在他悶熱的辦公室計畫大屠殺，而他的妻子卻在同情死者。村長離開辦公室後，她堵去了丈夫的路。

「那個男人是罪犯。」她對他說。「你要利用你在政府的影響力，弄走那個想將村裡所有的活人一網打盡的禽獸。」

這段日子荷西・蒙堤耶忙翻了天，他連看都沒看她一眼，就推開她說：「不要傻了。」事實上，他要處理的不是逼死窮人，而是驅逐富人。村長開槍射穿富人的大門，要他們限期離開村莊，荷西．蒙堤耶則是用他自訂的價格，買下他們的土地和牲口。

「不要當傻子。」妻子對他說。「你幫他們，讓他們不會淪落異地餓死，但總有一天會害慘自己，他們永遠不會感謝你。」

連微笑都沒時間的荷西．蒙堤耶把她推到一旁，並且說：

「滾去妳的廚房，不要插手我的事。」

照著這個步調，反對派在短短不到一年的時間遭到肅清，荷西．蒙堤耶變成整個村莊最有錢和權勢的人。他把女兒送去巴黎，替兒子謀得駐德國領事職位，全心全意鞏固他的帝國。但是他享受滿堂的金玉財寶的時間，不超過六年。

他過世滿一年，他的遺孀只在傳來壞消息時，聽到樓梯沉重的聲響。總有人會在天黑時上門。「土匪又來了。」他們說。「昨天他們搶走了五十隻牛犢。」蒙堤耶的寡婦坐在搖椅上，啃咬指甲，心中漲滿怨恨。

「我早跟你說過，荷西．蒙堤耶。」她自言自語。「這座村莊不懂感恩。你屍骨未寒，所有人已經背棄我們而去。」

沒有人再踏進他們家。那幾個月雨綿綿不斷，彷彿永無止盡，唯一出現的活人是堅定不移的卡爾米蓋耶先生，他進屋內時從不收傘。事情的進行並未好轉。卡爾米蓋耶先生寫了好幾封信給荷西．蒙堤耶的兒子。他建議他回來處理產業，甚至提到對遺孀身體健康的關心。他收到總是逃避的回答。最後，荷西．蒙堤耶的兒子在回信中坦承，他害怕被人開槍打死，所以不敢回來。於是，卡爾米蓋耶先生上樓來到寡婦的臥室，向她一五一十地述說家族事業正在崩毀。

「也好。」她說。「我已經受夠了那些乳酪和蒼蠅。如果您需要，缺什麼就拿什麼吧，讓我一個人平靜死去。」

從這一刻開始，她跟外界的唯一聯絡是每個月底寫信給女兒。「這是一座該死的村莊。」她對她們說。「妳們就永遠留在那裡吧，不用替我操心。我很開心妳們過得很幸福。」她的女兒輪流回信給她。她們的信總是口氣愉悅，像是在和煦和明亮的地方所寫，女孩們停下來思考時，必定在許多鏡子中看見自己。她們也不想回來。「這裡是文明世界。」她們說。「家鄉這個地方不適合我們居住。要我們生活在一個政治迫害人民的野蠻國家是不可能的啊。」蒙堤耶的寡婦一邊讀信，一邊點頭贊同每一句話，並感到舒暢許多。

有一回，她的女兒提起巴黎販售肉品的市場。她們告訴她，當地人宰殺粉色豬隻後，替牠們戴上花冠和花環，然後吊在門口。信尾，還有一句不同於她女兒字跡的話：「想像一下，人們把最大朵和最漂亮的康乃馨插在豬的屁眼上。」蒙堤耶的寡婦讀到這句話，頓時露出兩年以來的頭一次微笑。她沒關掉屋內的燈，上樓來到臥室，在上床之前，她把電風扇轉向牆壁。之後，她從床邊桌的抽屜拿出一把剪刀、一綑膠帶和一條唸珠，她把右手咬得發炎的大拇指包紮。接著她開始禱告，但是到了第二回，她把唸珠換到左手，因為纏著膠帶，她沒辦法數好一顆顆唸珠。霎時間，她聽到遠方傳來響雷。接著她垂下頭，睡著了。她拿著唸珠的手滑到身體側邊，這時她看見格蘭德大媽在院子裡，膝上擺著一條床單和一把梳子，她正在用大拇指捏跳蚤。她問大媽：

「我什麼時候會死？」

格蘭德大媽抬起頭。

「當妳開始感覺手臂疲倦無力的時候。」

一九六二年

禮拜六過後的某一天

Un día después del sábado

七月時，蕾貝卡夫人感到心神不寧，她是個滿腹怨恨的寡婦，住在一棟有兩個走廊和九間臥房的寬敞大屋裡，她發現她的鐵花窗損毀，像是有人從街上丟石頭打破。她第一次發現是在她的臥室裡，她想把這件事告訴安潔妮達，自從丈夫過世後，她跟她的女僕安潔妮達就結成知己。之後，當她在翻找雜物時（蕾貝卡夫人從老早以前，就只剩下翻雜物一事可做），發現不只她的臥室的鐵花窗破損，屋內所有臥室的鐵花窗也都一樣。寡婦向來抱著政府至上的傳統觀念，或許這是繼承自曾祖父的觀念，她的曾祖父是個土生白人，曾在獨立戰爭期間替保皇派打仗，後來踏上一場到西班牙的艱苦旅程，唯一的目的是拜訪卡洛斯三世在德聖伊爾德豐索建造的宮殿。因此，當她發現其他的鐵花窗也是同樣情形時，就已經不想再告訴安潔妮達，而是戴上綴著天鵝絨小花的草帽，前往村辦公室通報有人蓄意破壞。但是到了那裡，她看見村長沒穿襯衫，裸露毛茸茸的上身，使出看在她眼裡像是野獸般的蠻力，正在村辦公室修理跟她家一樣損毀的鐵花窗。

蕾貝卡夫人闖進他髒亂的辦公室，第一眼看到的是桌上的一堆死鳥。但是她頭昏腦脹，一方面是天氣太熱，一方面是她還在氣鐵花窗遭到破壞。因此，她對鳥屍堆在辦公桌上的詭異畫面，還沒來得及反應。她對政府官員降貴紆尊，站在梯子的高處，拿著一捲鐵絲線和一把螺絲起子修理窗戶的鐵花窗，也沒有驚嚇不已。此刻，她一心一意想的是自己的尊嚴，而她的尊嚴受到鐵花窗一事侮辱，她腦子糊成一片，甚至沒將她家和村辦公室的鐵窗聯想在一起。她戰戰兢兢，杵在辦公室內離大門口兩步距離的位置，雙手撐在她那把包著襯墊的長柄洋傘上，開口說：

「我要投訴。」

村長從梯子高處，轉過那張熱得漲紅的臉。他對寡婦反常地出現在辦公室，沒有做出任何情緒反應。他心不在焉，繼續拆除遭破壞的鐵花窗，接著從上面問：

「什麼事？」

「鄰居的孩子弄壞我的鐵花窗。」

這時村長回過頭看她，把她仔細打量一遍，從那幾朵精緻的天鵝絨小花，那雙老銀顏色的鞋子，彷彿他這輩子是第一次看見她。他不疾不徐地下梯子，視線一直盯著她不放，當他踩上堅實的地面，他一隻手扠腰，把螺絲起子拿到辦公桌上。他說：

「夫人，不是那些孩子做的。是鳥。」

就在這一刻，她把辦公桌上的鳥屍、這個爬上梯子的男人，以及她家臥室損壞的鐵花窗全串接起來。她一想到家裡所有臥室都布滿了鳥屍，忍不住發抖起來。

「是鳥。」她驚呼。

「是鳥沒錯。」村長肯定說。「從三天前開始，我們就遇上鳥類撞上窗戶和死在屋內的問題，您一直沒發現還真是奇怪。」

蕾貝卡夫人步出村辦公室，感到十分難為情。她甚至有些怏怏不快，因為安潔妮達總會去她家聊村裡的所有傳言，卻沒提起鳥的事件。八月即將來臨，她被陽光刺得睜不開眼，於是撐開了洋傘，當她走在熱氣逼人的空蕩蕩街頭，竟覺得所有房屋的臥室都飄出一股死鳥的強烈屍臭味。

這時是七月底的最後幾天，村裡從未這麼熱過。但是村民都沒注意到這件事，因為他們正為鳥的死亡數量大感吃驚。這個不可思議的現象並沒有嚴重影響村莊的日常活動，但是到了八月初，大多數人仍然圍著這件事打轉。而這大多數人並不包括安東尼奧・伊沙貝爾・德阿爾塔・卡斯塔聶達・蒙特羅神父在內，他是教區神父，個性溫和，他活到九十四歲高齡，曾信誓旦旦他看過三次惡魔，然而這一次他只看到兩隻死鳥，因而不認為值得大驚小怪。他是在聖器室發現第一隻死鳥，當時是某個禮拜二的彌撒結束後，他心想那應該是附近的某隻貓叼進來的。禮拜三，他在家中的走廊上發現另一隻死鳥，用靴子鞋尖把死屍推到街上，心想：「貓真不該存在。」

直到禮拜五那天，當他到了火車站，挑好長凳準備坐下來時，在上面發現了第三隻死鳥。這個畫面就像一道閃電劃過他的心頭，他抓起鳥腳，把鳥屍高舉到眼前，翻過來仔細檢視，他嚇了一大跳心想：「老天，這可是這禮拜遇到的第三隻死鳥。」從這一刻起，他注意到村內發生的事，不過還是不清不楚，一方面是安東尼奧·伊沙貝爾神父年事已高，一方面是他信誓旦旦說看過三次惡魔（村莊認為這是無稽之談），信徒認為他是個心性平和、樂於助人的好人，只是經常迷迷糊糊的。他發現鳥的不尋常，而即便到了這個地步，他仍不相信是大事，用不著辦一場布道。他是第一個聞到屍臭的人。那是禮拜五的夜晚，他在聞到一股噁臭味後，從淺眠中驚醒過來，但是他搞不清這是惡夢，或是撒旦用來擾亂他睡覺的新伎倆。他朝四周嗅了嗅，接著在床上翻過身去，心想或許這個體驗能拿來辦場布道。他想，談論撒旦如何從人的五種感官深入他們的內心的伎倆，這將會是一場引人注目的布道。

隔天的彌撒開始之前，神父在中庭散步，第一次聽見有人談論死鳥。正當他專心想著布道、撒旦，和可能經由嗅覺犯下的罪過，聽到了有人說夜間的臭味來自整個禮拜累積下來的鳥屍；他腦海掠過福音書的預言、臭味和死鳥，一堆想法混雜在一起。因此，禮拜天他非得臨時以慈善為題，辦個連他自己都不清楚該說什麼的布道，把惡魔和五種感官的關係永遠拋到腦後。

然而，他的體驗應該只是埋在他腦海深處的某個角落。這種事經常發生，不只是在七十多年前就讀神學院時，也在他滿九十歲之後以非常特殊的方式發生。他在神學院時的某天下午，天色明亮，降下一場滂沱大雨，沒有雷擊或閃電，他在閱讀一段索福克里斯的原文作品。雨停之後，他看向窗外疲憊的原野，和洗滌過後煥然一新的午後，完全忘掉了古希臘劇，和他始終分不清只以「古人」統稱的文豪。大概三十或四十年過後，他在一個沒下雨的午後，去拜訪某座村莊，他穿過鋪石廣場，不自覺地脫口吟誦曾在神學院讀過的那一節索福克里斯的詩。那個禮拜，他和宗座監牧促膝長談「古人」，這位聒噪和敏感的老先生偏好一種複雜謎題，那應該是他為學者所發明，幾年後以字謎遊戲的名字流傳開來。

那一場會面讓他突然間重拾舊時他對古希臘作家的熱愛。同年聖誕節，他收到一封函件。在當時，若不是他給人的印象早已牢不可破，認為他在解經講道時過度想像和大膽，在布道時有些瘋癲，應該已經升為主教。

但是早在八五年內戰之前，以及鳥飛進臥室尋死那時，村莊已經請求多年，希望派個比較年輕的神父來頂替他，尤其在他說他看過惡魔之後。自那時起，村民不再理會他，但是他並沒有特別注意，儘管他的年紀還不到需要眼鏡來看清楚禱告書上的小字。

他一直是個生活規律的人。他個頭矮小，外貌平庸，骨架粗壯，舉止輕柔，對話時使人平靜的嗓音，站到臺上卻引人昏昏欲睡。午飯之前，他都待在寢室發呆，只穿一條斜紋布束腳長褲，坐在帆布椅上打發時間。

除了主持彌撒，他無所事事。他每個禮拜坐在告解室兩次，但是從許多年前就沒有人前來懺悔。他只是很簡單地相信，他的信徒在現代的習慣中失去信仰，因此他認為，看見惡魔三次是相當恰當的經驗，儘管他清楚村民不太信他的話，也知道他講述這個經驗時無法服眾。他若能發覺自己形同活死人，不管是這五年來，或是最近發現兩具鳥屍的怪異時刻，應該不會太過驚訝。然而，當他發現第三隻死鳥，他似乎拾回一點生氣，因此在最近這幾天，他經常想著那隻死在火車站長凳上的鳥。

他住在離教堂十步的距離，那是一間小屋，沒有鐵花窗，有一條通向街道的長廊，屋裡兩個房間，一間當辦公室，一間當寢室。他或許曾在腦筋混沌時想過，這片土地唯有在天氣不那麼熱時才可能有幸福的生活，他對這個想法有些不知所措。他喜歡迷失在複雜的、形而上的問題中。這就是他每天早晨做的事，他把門開一半，坐在長廊上，閉上眼睛和放鬆肌肉。然而，他卻沒發現他在思緒中消失得縹緲無蹤，至少從三年前開始，他每次沉思時，腦中都只有一片空白。

中午十二點整，有個少年會送來一個四層飯盒，裡面裝的菜色每天都一樣：排骨湯、一塊木薯、白飯、不加洋蔥的燉肉、炸大蕉，或者玉米麵包，和一點安東尼奧·伊沙貝爾·德阿爾塔·卡斯塔聶達·蒙特羅神父從未嘗過一口的小扁豆。

少年把飯盒放椅子邊，神父躺在椅子上，可是他一直等到聽見踩在長廊上的腳步聲遠離才睜開眼睛。因此，整座村莊都以為神父在午飯前睡午覺（這件事聽起來也同樣瘋癲），而事實上他連夜晚睡覺也不同尋常。

在那段時期，他的生活習慣變得簡單，甚至回歸原始。他就坐在帆布椅上吃午飯，沒有把餐點拿出飯盒，不使用盤子、叉子或刀子，用的是同一支喝湯的湯匙。吃飽後，他起身，灑一點水在頭上，穿上發霉的白長袍，而衣服上還有大塊的方形補丁，接著在村民都在午睡的時間前往火車站。他走這條路已經好幾個月，路上他念念有辭，那是他在最後一次見到惡魔後發明的祈禱文。

某個禮拜六，也就是鳥屍開始從天而降的九天過後，安東尼奧·伊沙貝爾·德阿爾塔·卡斯塔聶達·蒙特羅神父前往車站，而就在經過蕾貝卡夫人家門前時，一隻奄奄一息的鳥掉落在他的腳邊。他的腦中像是有一道閃光炸開，他回神後發現，那隻鳥跟其他死鳥不同，還可能救活。他雙手捧起了鳥，敲了敲蕾貝卡夫人的大門，這一刻她正好脫掉束胸準備睡午覺。

寡婦在寢室裡聽見敲門聲，直覺轉過臉看向鐵花窗。兩天以來，都沒有鳥飛進臥室。但是鐵花窗依舊是壞的。她考慮過，在這場讓她神經緊繃的鳥突襲行為還沒停止前，修理只是無謂的花費。電風扇嗡嗡作響，但是敲門聲更響亮，她不耐地想起安潔妮達在長廊的最後一間寢室裡睡午覺。她想都沒想問自己，是誰在這個時間上門打擾。她穿回束胸，拉開雕花門，抬頭挺胸，擺出矯揉做作的姿態，走過長廊，穿過擠滿家具和裝飾物的客廳，在打開大門前，她從鐵雕花瞥見那是安東尼奧·伊沙貝爾神父，他神情哀淒，眼神黯然，手中捧著一隻鳥（在她打開大門前），他說：「給牠灑點水，放在葫蘆樹下面，我相信牠會康復。」蕾貝卡夫人開門後，感覺自己簡直要嚇暈了。

蕾貝卡夫人站在門口不到五分鐘。她以為是她迅速結束了這個插曲。事實上，結束的人是神父。這一刻，如果寡婦能仔細想一下，她或許會發現神父住在村莊的三十年來，從未在她家待超過五分鐘。他認為她家客廳堆滿物品，顯示女主人的靈魂充滿貪欲，儘管她的親戚有位主教，雖是遠房，卻相當知名。此外，神父認為蕾貝卡夫人家族有個傳說（或是一段真的往事）一定沒有傳到主教宮，以及在寡婦眼裡忘恩負義的表兄奧雷里亞諾・波恩地亞上校曾言之鑿鑿地說，那位主教在進入新世紀後，未曾到訪村莊，為的是要躲避拜訪他的遠親。不管如何，是故事也好或是往事也罷，安東尼奧・伊沙貝爾・德阿爾塔・卡斯塔聶達・蒙特羅神父在她家總是不自在，唯一住在屋裡的人缺乏憐憫心，一年也才告解一次，當他試著向她釐清她的丈夫不明的死因，她的回答總是顧左右而言他。此刻，他會在這裡，等著她端來一杯水給奄奄一息的鳥浸泡，是迫於他永遠不會想遇到的狀況。

寡婦返回屋內，神父坐在一張豪華的雕花木頭搖椅上，他感覺這棟屋子裡有股怪異的溼氣，從四十多年前的一聲槍聲響起，就不曾散去。當年上校的兄長荷西・阿爾卡迪歐・波恩地亞就在帶釦和馬刺的響聲中，面朝下倒在剛剛脫下還溫熱的綁腿上。

當蕾貝卡夫人再次回到客廳，她看見安東尼奧・伊沙貝爾神父一副魂不守舍的模樣坐在搖椅上，感覺十分恐懼。

「動物的生命，」神父說。「和人類的生命，對天主來說都是愉悅的存在。」

這句話脫口而出時，他並未想起荷西・阿爾卡迪歐・波恩地亞。寡婦也沒想起他。但是她自從神父在聖壇上說出他看過惡魔現身三次後，就習慣了不相信神父的話。她不理會他，伸出雙手接過那隻鳥，把牠浸在杯子裡，搖了一搖。神父觀察到她動作粗魯和不帶憐惜，絲毫不擔心那隻動物的生命。

「您不喜歡鳥。」他用輕柔但堅定的方式說。

寡婦抬起雙眼，表情充滿不耐和敵意。

「就算我真的曾經喜歡，」她說。「現在也因為牠們死在屋裡而覺得討厭。」

「死了很多鳥。」他執意說下去。或許他那沒有起伏的聲音充滿算計。

「死光了。」寡婦說。接著她面露嫌惡，擠乾那隻動物，放到一棵葫蘆樹下面，又接著說：「如果牠們沒撞壞鐵花窗，這根本不干我的事。」

神父想他這輩子從沒見過這般的鐵石心腸。半晌過後，神父伸出手觸摸那具孱弱的小小身軀，卻發現牠的心臟已經停止跳動。這時他的腦中一片空白：他忘了屋裡的溼氣和欲望，以及荷西·阿爾卡迪歐·波恩地亞屍體上難以忍受的火藥味，反而真的開始察覺到，從這個禮拜一開始就在他四周發生的不可思議現象。他在寡婦的目送下，鐵青著臉捧著死鳥離開她家，他見證了驚人的天啟，死鳥如同雨水從村莊的上空摔落，他身為天主選中的臣子，而且還嘗過天氣不熱時的幸福，竟然把《啟示錄》忘得一乾二淨。

這一天，他一如往常地前往火車站，卻沒注意自己的舉動。他隱約知道這個世界正在發生某件事，但是他一時昏頭暈腦、反應遲鈍，信心失落。他坐在火車站的長凳上，努力回想《啟示錄》裡是否有死鳥如雨降下的場景，但是他完全記不起來。突然間，他想起在蕾貝卡夫人家逗留可能會害他錯過火車，他伸長脖子，越過布滿灰塵的破玻璃，看見管理室的時鐘，顯示還有十二分鐘就要一點。他回到長凳邊，感覺快要窒息。在這一刻，他想起今天是禮拜六。他拿起棕櫚葉扇子搧了一會兒，然後迷失在內心世界漆黑的迷霧中。之後，他看不順眼長袍上的釦子、靴子上的釦子，和合身的斜紋布長褲，於是他警覺地發現，他這輩子從未感到像此刻這麼樣的熱。

他繼續坐在長凳上，解開長袍的高領釦子，從袖子拿出手帕擦拭漲紅的臉，他在這個痛苦的時刻想著，自己該不會參與了一場正在形成的地震。他在某處讀過這種天災。然而，天空萬里無雲，這樣的晴朗藍天，所有的鳥卻都神秘失蹤。他注意到天空的顏色和澄淨，卻一時間忘記死鳥的事。此刻他想著其他東西，想著一場暴風雨可能來襲。然而，天空明徹寧靜，彷彿屬於遠方的其他村莊，在那裡天氣不曾這麼熱，他感覺凝視天空的彷彿不是他的眼睛，而是別人的眼睛。

之後，他望向北方，視線越過棕櫚葉和生鏽的鋅板屋頂，看見了垃圾堆上黑鴉鴉的一片溫吞、安靜與平和的黑美洲鷲。

因為某種神秘原因，他感覺在這一刻重溫了當年在神學院的心情，那是他在承接低層聖職不久前的某個禮拜天。神學院院長准許他使用他個人的書房，他在裡面度過了許多小時（特別是在禮拜天時），他專心閱讀那些發黃的書冊，書頁上都散發一股陳舊的木頭氣味，還有校長以拉丁文註記、細小又龍飛鳳舞的字體。某個禮拜天，他在閱讀了一整天之後，校長慌慌張張地進入書房，急著收走一張卡片，那顯然是從他讀的那本書裡掉出來的。他小心翼翼地裝作漠不在乎，目睹他的長官茫然無措，但是他及時看清楚了那張卡片。上面只有一句話，是用紫黑色墨水所寫的工整端正字體：「依薇特夫人今晚過世。」半個世紀過後，當他看見一座被遺忘的村莊上空一片黑鴉鴉的黑美洲鷲，竟想起校長一臉哀淒，坐在他的對面，呼吸微微紊亂，外頭是紫紅的向晚。

他對這個聯想感到吃驚，不再感到燠熱難當，而是恰恰相反，好像鼠蹊部和腳板都被冰塊凍傷。安東尼奧・伊沙貝爾・德阿爾塔・卡斯塔聶達・蒙特羅神父感到恐懼，又不知道恐懼的真正原因，他困在亂成一團的想法裡動彈不得，身陷其中根本分不清厭惡的感覺，而撒旦的利爪卡在爛泥中，還有一群死鳥從天摔落在這個世界，他卻無視這起事端。他挺起身子，舉起一隻發抖的手，彷彿要跟誰打招呼，卻又停在半空，接著萬分驚恐地大叫：「流浪的猶太人。」

就在這一刻，火車的汽笛聲響起。這是多麼多年來，他第一次沒聽見。他看著包在厚重蒸汽中的火車駛進車站，聽見煤灰顆粒如同冰雹撞上生鏽的鋅板屋頂的聲音。但是，那種聲音如同一場遙遠而朦朧的夢，他無法從夢中完全清醒，一直到下午四點不久，他替禮拜日的精采布道會講詞添上最後的幾句。八個小時後，有人找神父去替一名臨終婦女舉行臨終聖禮。

因此，神父並不知道這天下午有誰搭火車來到村莊。這麼長的時間以來，他看著四節搖搖欲墜的褪色車廂到站，卻不記得有誰下車留在這裡，至少在最後這幾年都是這樣。

從前不是這樣，那時他會花整個下午觀看火車載運香蕉進站。整整一百四十節載滿水果的車廂過站不停，等到全部經過已經夜幕降臨，有個男人在最後一節車廂掛上一盞綠燈。這時，他才能看到鐵軌另一頭的村莊——已經華燈初上，他感覺，看完火車過站，彷彿另一座村莊也被帶走了。或許他每天到車站的習慣是在那時養成，甚至在工人遭槍殺、結束香蕉園種植，那一百四十節車廂的火車也跟著消失之後，他還是到車站來，而僅存的只有滿是灰塵的黃色車廂，沒有半個人下站。

但是這個禮拜六，有人搭火車到了。當安東尼奧・伊沙貝爾・德阿爾塔・卡斯塔聶達・蒙特羅神父離開火車站時，在最後一節車廂窗邊有個看似溫順的年輕人，除了飢腸轆轆外，他看起來沒有其他特別的地方，當他看見神父那一刻，猛然想起他從前一天就滴食未進。他心想：「這裡既然有神父，就應該有間旅館。」接著他下了火車，穿過在八月毒辣陽光下的街道，走到火車站對面，沒入一棟屋子清涼的陰影裡。裡面的留聲機正播著一張磨損的唱片。他的嗅覺因為飢餓變得敏銳，知道這裡就是旅館。他踏了進去，沒看招牌：馬康多旅館。那是他這一輩子都不該看的招牌。

女老闆懷有五個多月身孕。她一身青黃皮膚，一如她的母親懷她時的膚色。他點了一份「特快午餐」，她不慌不忙，端來一盤大骨湯和一盤綠蕉碎丁。就在這一刻，火車的汽笛聲響起。他對著那盤冒著熱氣的健康湯，計算著到車站的距離，接著他發現可能會錯過火車，心頭湧出一股害怕而不知所措的感覺。

他試著快跑。當他忐忑不安地抵達門口，還沒跨過門檻一步，立刻發現他趕不上火車。當他回到餐桌邊，他忘了飢餓，看見留聲機旁邊，有個女孩正用無情的目光瞅著他，她面露猙獰，彷彿一隻搖著尾巴的狗。這時他在這天第一次摘下帽子，那是母親在兩個月前送給他的，他放在膝蓋之間隱隱壓住，然後將飯吃完。當他從桌邊站起來，似乎一點也不擔心錯過火車，或者不得不在一座連名字都不想費心去查的村莊度過週末。他在廳堂的一個角落坐下來，靠在一張硬邦邦的高背椅上，待了好一會兒，壓根兒沒聽女孩挑選的唱片，直到她說：

「走廊上比較涼爽。」

他感到不自在。他往往要花好一番功夫跟陌生人互動。他直視人的臉會感到不安，當他別無他法勢必得開口時，從口中講出的話總不是他心裡所想的。「知道了。」他回答。這時他輕輕地感到一股冷顫。他試著搖一搖身體，忘了自己不是坐在搖椅上。

「到這裡來的人，會把椅子搬到比較涼爽的走廊上。」女孩說。而他聽著她的話，不安發現她有想聊天的意思。他大膽看向她，就在這一刻，她正在替留聲機上發條。她看起來像是坐在那兒好幾個月，或者好幾年，沒有一丁點想要離開那裡的樣子。她雖然在上發條，注意力卻是在他的身上。她面露微笑。

「謝謝。」他說，他試著站起來，放鬆和活動筋骨。女孩的視線絲毫沒放過他。她說：

「他們也會把帽子掛在衣帽架上。」

這一次他感覺耳根子彷彿燒起來了。他想著女孩建議的方法，忍不住發起抖來。他感到不自在，坐困牢籠，那種沒趕上火車的恐懼再次席捲而來。但是老闆娘在這一刻走進廳堂。

「他在做什麼？」她問。

「跟所有人一樣，把椅子搬到走廊上。」女孩說。

他察覺她的話語帶著嘲弄的語調。

「不用麻煩。」老闆娘說。「我給他拿張凳子來。」

女孩笑了出來，他頓時不知所措。天氣很熱。那是一種炙人的乾熱，他汗水淋漓。

老闆娘把一張皮墊木凳搬到走廊上。當他準備跟在她後面而去，女孩再一次開口。

「糟糕了，他會被鳥嚇到。」她說。

他即時看到老闆娘轉過頭去，對女孩投去嚴厲的眼神。那是個瞬間掠過但是嚴肅的眼神。

「妳該做的是閉上嘴巴。」她說，接著轉過頭對他送上微笑。

這時他不再感覺那麼孤單，有了想說話的欲望。

「您說的是什麼？」他問。

「這個時間會有死鳥摔在走廊上。」女孩說。

「她亂說。」老闆娘說。她俯身整理一束擺在中央桌上的假花。

她的手指正緊張地發抖。

「我才沒亂說。」女孩說。「妳昨天不也掃掉兩隻死鳥。」

老闆娘滿腹怒氣地看著她。她露出可憐兮兮的模樣，顯然想好好解釋清楚，釐清所有的疑問。

「先生，事情是這樣，前一天有幾個孩子把兩隻死鳥放在走廊上騷擾她，然後告訴她那是從天空掉下來的。她相信所有他們說的話。」

他露出微笑。他感覺這個解釋相當有趣；他搓揉雙手，轉過頭看向正用擔憂的眼神看他的女孩。留聲機已經停止播歌。老闆娘離開廳堂到了其他房間，當他準備到走廊上時，女孩壓低聲音不死心地對他說：

「我親眼看見鳥摔下來。相信我，每個人都看到了。」

這時，他想他明白了她對留聲機的執著和老闆娘的怒氣。

「我相信。」他同情地看她。接著他往走廊而去。「我也看到了。」

外面有扁桃樹的涼蔭，比較沒那麼熱。他把木凳靠在大門的門框旁，頭往後仰去，想著他的母親；他的母親癱坐在搖椅上，一邊拿著一支長柄掃把嚇母雞，一邊感受兒子第一次不在家中。

一個禮拜前，他或許還能想像自己的人生就像一條平直光滑的繩索，從最後一場內戰的那個下雨的凌晨開始，他來到這個世界，出生在一所鄉間小學以泥巴和蘆荻搭蓋的教室裡，直到他滿二十二歲的那個禮拜六早上，他的母親來到他的吊床邊，送給他一頂帽子和一張卡片：「送給我親愛的兒子的生日禮物。」有時，他無所事事，就會懷念起那間教室、黑板、某張沾滿蒼蠅糞便的國家地圖，以及一長排掛在牆上每個孩子名字底下的水罐。在那裡天氣並不熱。那是個景色翠綠宜人的村莊，母雞踩著泥灰色的長腳溜過教室，在濾水器的下面下蛋。那個時候，他的母親是個哀傷和封閉自我的女人。

天黑時，她會坐下來迎接剛剛從咖啡園裡吹出來的風，然後說：「馬瑙雷是世界上最美麗的村莊。」接著轉過頭看他在吊床上無聲地長大：「等你長大後，你就會發現這件事。」但是他什麼也沒發現。他長到十五歲時也沒發現，那時他的身形看起來已經比真實的年紀還要高大，在懶散的生活中養成優於一般人的體格。他滿二十歲時，人生根本就像在吊床上換個姿勢一樣沒有什麼太大改變。但是在當時，他的母親飽受風溼病折磨，離開她服務十八年的學校，因此他們搬去一棟有兩個房間和一個大院子的屋子，還在院子裡養了那種溜過教室的泥灰腳母雞。

養母雞是他跟真實世界的第一個接觸。那也是他唯一的接觸，直到七月，在那個月他的母親考慮退休，她認為兒子足夠聰明，能夠幫忙辦妥這件事。他效率十足地幫母親準備文件，甚至說服神父更動他母親的領洗證書，將時間改早六年，因為她還沒到退休的年紀。禮拜四，他的母親憑藉她的教學經驗，對兒子做最後一次詳細指示，他便帶著十二塊披索、一套衣物、一疊文件，腦中只有對「退休」一詞的基本概念，踏上了進城的旅程，他簡單詮釋那是政府應該發放的一筆特定數目，好讓他們可以用這些錢養豬。

他在旅館的走廊上打盹兒，熱得腦子發昏，無法停下來思考他的處境有多麼嚴重。他以為，這場倒楣的意外等隔天火車返回就能解決，因此他這時只須擔心禮拜天要重新踏上的旅程，永遠忘記這一座熱得令人難以忍受的村莊。接近下午四點時，他睡了一個不舒服和黏答答的覺，他在夢中想著，沒帶吊床來真是可惜。他就在這一刻，發現他把裝衣服的包袱和退休文件忘在火車上。他猛然驚醒，想著他的母親，再一次被恐懼包圍。

當他把凳子搬到廳堂，村莊的燈火亮起。他沒見過電燈，因此看到旅館微弱昏暗的電燈泡，他留下深刻的印象。接著，他想起曾聽母親提過。他繼續把凳子搬到飯廳，避開像砲彈猛撞鏡子的馬蠅。他食不知味，因為了解自己的處境，因為熱氣逼人，因為這輩子第一次嘗到孤單而感到苦澀，他茫然無措。過了九點，有人帶他到旅館盡頭一間用報紙和雜誌當壁紙的木板房間。到了午夜，他大汗涔涔，深深陷在惡夢裡，而五個街區外，安東尼奧・伊沙貝爾・德阿爾塔・卡斯塔聶達・蒙特羅神父仰躺在單人床上，他想著，這一晚的經歷正好能補充他隔天早上七點的布道的內容。神父和衣而臥，穿的是那條合身的斜紋布長褲，四周圍繞著蚊子如雷貫耳的嗡嗡響。他在快到午夜十二點時，穿越了村莊去給一名婦女舉行臨終聖禮，而此刻他感到激動又緊張，因此他把聖儀使用的物品擺在床邊，躺在床上複習布道的內容。他仰躺在床上，維持這個姿勢好幾個小時，直到聽見遠處傳來石鴿在凌晨的報時。這時，他試著下床，吃力地支起身體，卻踩到手搖鈴，面朝下跌在粗糙堅硬的房間地面上。

當他回過神，他感覺身體側邊傳來刺痛的感覺。就在這一刻，他意識到自己的全部重量：包括身體、過錯和年紀的重量。他感覺臉頰貼著堅硬的石頭地面，不知道多少次，當他準備布道時，總會把那想成通往地獄的道路。「耶穌基督，」他心驚膽跳地說，他想著：「我有把握我再也站不起來了。」

他不知道自己究竟趴在地上多久，他腦中一片空白，甚至也忘了要祈求能有個善終。事實上，他在這短暫的時間裡就像死了一般。但是當他恢復意識，他已經感覺不到疼痛或驚嚇。他看見門下細縫的微弱光線；他聽見遠處公雞哀怨的悲啼，他發現自己還活著，他清楚記起布道的字句。

當他拉開門栓，天色已矇矇發亮。他不但不感覺疼痛，經那一撞似乎還卸下了他的高齡。當他吞下第一口那抹充滿雞啼的藍色溼氣，所有這座村莊的良善、偏離的行為和遭逢的不幸，都浮上了他的心頭。接著，他看向四周，彷彿想要和那孤寂重歸於好，而他看見了破曉之際，在寧靜昏暗中的長廊上有一隻、兩隻，三隻死鳥。

他望著那三具鳥屍整整九分鐘，心想著，他要在預備的布道中，提出替大批的鳥類死亡潮進行贖罪。接著，他走到長廊的那一頭，拾起那三隻死鳥，回到甕缸邊，掀開蓋子，把鳥屍一隻接著一隻丟進平靜的綠水中，卻不太確定這麼做的目的。「三隻再加上三隻，等於一個禮拜內有半打了。」他心想，接著腦海像是有一道閃電掠過，指示他這輩子的大日子已經到來。

早上七點，天氣開始轉熱。旅館內的唯一客人正在等早餐開飯。留聲機女孩還沒起床。老闆娘靠了過去，在這一刻，七點的鐘響似乎從她那隆起的肚子傳來。

「都怪火車丟下了您。」她說，語氣帶著遲來的憐憫。接著，她端來早餐：牛奶咖啡、炒蛋和綠蕉片。

他想吃完早餐，不過肚子不餓。他發現天氣已開始轉熱。他汗如雨下。他快透不過氣來。他穿衣睡覺，睡得不太好，現在有一點發燙。他再一次感到恐懼襲來，想起了他的母親，在這一刻，老闆娘向前收拾盤子，她一襲新的綠色大花洋裝，看起來容光煥發。老闆娘的洋裝提醒了他，這一天是禮拜天。

「有彌撒？」他問她。

「有。」老闆娘說。「不過沒人去，有就像沒有一樣。教會不派新的神父過來。」

「那現任的神父怎麼了？」

「他差不多一百歲了吧，半痴半傻的。」老闆娘說，接著動也不動，陷入沉思，盤子全拿在手上。

接著她說：

「有一天，他在講道壇上發誓說他看過惡魔，從那以後，再也沒什麼人去望彌撒。」

就這樣，他去了教堂，一部分是因為他感到絕望，一部分是他出於好奇想認識這位百歲人瑞。他發覺這座村莊死氣沉沉，塵土飛揚的街道看不到盡頭，陰森森的鋅頂木造小屋似乎無人居住。這竟是禮拜天的村莊：沒有草地的街道，裝鐵花窗的屋舍，酷熱天氣之上，是一抹美妙的深藍。他心想，這裡的禮拜天和一般日子並無差別，當他走在空蕩蕩的街道上時，他想起了他的母親：「所有村莊的所有街道都一定通向教堂或墓園。」這時，他來到一座石磚路面小廣場，這兒有一棟灰泥建築和一座鐘塔，圓頂上佇立一隻木頭公雞，還有一個停在四點十分的時鐘。

他不疾不徐，穿越廣場，爬上通往門廊的三個臺階後，他立刻聞到一股日積月累的人類汗臭和焚香的氣味混在一起，接著他鑽進幾乎空無一人的幽暗教堂。

安東尼奧．伊沙貝爾．德阿爾塔．卡斯塔聶達．蒙特羅神父站上講道壇。當他看見戴著帽子的年輕人走進來，正要開始布道。他看著年輕人睜著那雙平靜清澈的大眼睛仔細打量他幾乎空無一人的殿堂。他看著年輕人在最後一排長凳坐下來，歪著頭，雙手擱在膝上。他注意到年輕人來自外地。他在村莊待上二十多年，幾乎能以氣味辨認每一位村民。因此，他知道這位剛剛進來的年輕人是外地人。他匆匆投去凌厲的一瞥，察覺他鬱鬱寡歡，有點哀傷，一身衣服不但骯髒還發綹。他想，「他像是穿那套衣服睡覺好一段時間。」心裡頭對他既反感又覺得同情。但接著，神父看見他在長凳坐下來，一股感激之情淹沒心頭，決定為他進行一場他這輩子最盛大的布道。「基督耶穌。」他想著。「請讓他記得自己還戴著帽子，我不想迫不得已地把他趕出教堂。」然後布道開始了。

一開始，他沒注意用字遣詞，也沒仔細聽自己說了些什麼。他只聽到模糊不清的奔放旋律，恍若自世界初始就沉睡在他靈魂深處的泉水涓涓流出。他隱約確信，為了此時此刻所預備而依序綻放的字語，是精確、適當和正確的。他感覺體內升起一股熱氣。但他也知道，他的靈魂沒有一絲虛榮，他的感官充滿喜樂，而非傲慢、叛逆和虛榮，他的靈魂在天主的懷抱中只有純然的歡喜。

蕾貝卡夫人在臥室裡，她知道再過不久，天氣又要燠熱難當，只覺得頭暈目眩。如果她不是深深害怕新事物，離不開這座村莊，她或許早把她的家當塞進一口裝了樟腦丸的皮箱，效法她所聽聞的曾祖父遠走天涯。但是她的內心知道，她注定在這座村莊嚥下最後一口氣，就在那些不見盡頭的長廊和九間寢室之間，她心想，當天氣不再那麼熱之後，她或許會把防盜的鐵花窗改成插上碎玻璃。因此，她決定留在臥室裡（這是一個她總在整理衣櫥裡的衣服時會下的決定），也決定寫信給「我最尊貴的表弟」，要他派來一位年輕的神父，好讓她能夠戴上她的天鵝絨小花綴飾帽上教堂，再一次聆聽正常有序的彌撒，和充滿智慧並教化人心的布道。「明天是禮拜一。」她心想，當她再次開始思索寫給主教的信該怎麼開頭（波恩地亞上校或許會認為這種開頭既瑣碎又失禮節），安潔妮達卻在這時猛然地打開雕花門，大聲驚呼：

「夫人，聽說神父在講道壇上發癲了。」

寡婦回過頭看向門口，她那張衰老的臉流露苦澀，跟平時的表情沒兩樣。

「他發癲起碼五年了。」她說。接著，她繼續整理衣服並說：「他肯定又看到惡魔了。」

「這一次不是惡魔。」安潔妮達說。

「那麼，他看到什麼？」蕾貝卡夫人問，語氣盡是鄙視和冷漠。

「現在他說他看到流浪的猶太人。」

寡婦感覺雞皮疙瘩掉滿地。她腦中的思緒如萬馬奔騰，撞壞的鐵花窗、炎熱的天氣、死鳥，以及瘟疫，全部混在一起，她聽完話，躍上腦海的是自遙遠的童年午後就不再記得的幾個字：「流浪的猶太人。」這時她臉色蒼白、身體冰冷，走向正目瞪口呆望著她的安潔妮達。

「那是真的。」她說，她的聲音像是從心底深處直竄而上。「現在我終於懂了為什麼鳥要撞死在地了。」

她在恐懼的驅使下，戴上黑色刺繡面紗，彷彿一陣風穿過長廊、堆滿裝飾品的客廳、臨街大門，以及與教堂相隔的兩個街區，安東尼奧．伊沙貝爾．德阿爾塔．卡斯塔聶達．蒙特羅神父容光煥發，正說著：「……我發誓我看見了。我發誓，這天凌晨我幫木匠喬那斯的妻子施行抹油聖禮後返家，惡魔就出現在我的路上。我發誓，牠有張遭到天主詛咒而掩蓋的臉，沿途留下的腳印都燃燒著灰燼。」

他的話語支離破碎，飄散在空中。他注意到他控制不了雙手發顫，全身抖動，一絲冰冷的汗水沿著他的背脊緩緩滑下去。他不舒服、發抖，口乾舌燥，腸胃劇烈扭轉，以及肚子發出嗚響，恍若風琴低沉的音符。這時他回到現實世界。

他看見教堂裡的人，和蕾貝卡夫人走進主廳堂，她哀傷、愕然，張開雙臂，高高抬著那張冷漠的苦澀臉龐。他原本迷迷糊糊，不知道發生什麼事，隨即他了解他正在創造一場奇蹟，或許這樣想太過虛榮和自以為是。他伸出發抖的雙手，謙卑地撐在木臺邊緣，繼續他的演說。

「那時，牠走向我。」他說。這一次，他聽見自己鏗鏘有力和熱血澎湃的聲音。「牠走向我，睜著一雙綠寶石般的眼睛，一身粗硬的毛髮，散發一股羊騷味。我舉起手，以天主之名斥責，我對牠說：『站住。禮拜天絕不是獻祭羔羊的好日子。』」

當他說完，天氣開始轉熱。這個八月炎炎、熾燥和炙熱，令人永難忘記。但是安東尼奧．伊沙貝爾神父已經把熱氣拋到腦後。他知道，在他背後的是一座再次臣服和懼怕布道的村莊，但是他一點也開心不起來。他也不怎麼開心，再過一會兒酒汁就能滋潤他受損的嗓子。他感到不舒服也不自在。他感到手足無措，無法專注在重要的聖餐儀式時刻。這種感覺，不知道是從何時開始的，只是此刻是一種全然不同的焦躁，因為他的思緒充滿了深刻的不安。他這輩子終於第一次知道了什麼叫狂妄自大。或許他曾在布道時想像或定義，他感覺狂妄自大是形同渴望的迫切。他用力關上聖體盤，接著說：

「畢達哥拉斯。」

安東尼奧．伊沙貝爾神父的侍祭是個頂著油亮光頭的孩子，他是神父的教子，名字也是神父取的，他走近了聖壇。

「收捐款。」神父說。

孩子眨眨眼睛，轉了一整圈，然後用幾乎聽不見的聲音說：

「我不知道盤子在哪裡。」

沒錯。他們已經好幾個月沒收捐款。

「那麼就去聖器室找個大袋子，能收多少就收多少。」神父說。

「我該說什麼呢？」孩子問。

神父若有所思地盯著他光亮的青頭顱和那凹凸的頭骨。這一刻，換他眨了眨眼睛：

「就說那是要放逐流浪的猶太人用的。」他說，說出口後，他感覺千斤的重量壓在心口。一瞬間，他只聽見祭祀蠟燭在靜謐的教堂裡燃燒的劈啪聲，和他自己興奮和困難的呼吸聲。接著，他把手搭在侍祭的肩膀，這孩子睜著一雙流露驚恐的圓滾滾眼睛，神父說：

「收完錢後，全部交給那個最先到的年輕人，告訴他，神父要他買一頂新帽子。」

一九六二年

玫瑰假花

Rosas artificiales

拂曉時分，蜜娜摸黑穿上前一晚掛在床邊的無袖洋裝，到衣箱翻找假袖子。接著，她又尋找牆上和門後的掛鉤，試著別發出聲音，以免吵醒睡在同房間的瞎眼祖母。但是當她的眼睛適應黑暗後，她發現祖母已經下床，於是到廚房去問袖子在哪裡。

「在浴室。」瞎眼祖母說。「我昨天先把袖子洗了，因為已經很晚了。」

袖子就掛在一條拴在兩個木鉤的鐵絲線上，還溼答答的。蜜娜回到廚房，把袖子攤在爐灶的石頭上面。瞎眼祖母在她的面前攪拌咖啡，那雙失去生氣的瞳孔盯著走廊的磚頭邊緣，那兒有一排藥草盆栽。

「別再動我的東西。」蜜娜說。「這幾天不會出太陽。」

瞎眼祖母轉過臉，面朝聲音的來處。

「我忘了是第一個禮拜五。」她說。

她深深地吸一口氣，確定咖啡煮好了，就把鍋子從爐灶拿開。

「墊一張紙在下面吧，那些石頭很髒。」她說。

蜜娜伸出食指搓了搓爐灶的石頭。上面的確很髒，不過已經結成一層硬實的煤灰，如果不刻意摩擦石頭，不會弄髒袖子。

「如果弄髒了，那就是妳的錯。」她說。

瞎眼祖母倒了一杯咖啡。

「妳氣呼呼的。」她一邊說，一邊搬張椅子到走廊上。「生氣的時候領聖餐，是褻瀆的行為。」她坐下來，對著院子裡的玫瑰叢喝咖啡。當彌撒的第三個鐘聲響起，蜜娜拿起爐灶上的袖子，還是溼的。不過她還是穿上了。如果她穿露肩洋裝，安赫神父可不會給她領聖餐。她沒洗臉。她拿起毛巾擦掉殘留的胭紅，到房間取走祈禱書和面紗後出門。一刻鐘後，她已經回家。

「等妳到的時候，宣讀福音都結束了。」面對玫瑰叢坐著的瞎眼祖母說。

蜜娜直接走向廁所。

「我不能去彌撒。」她說。「袖子還是溼的，整件衣服也沒燙過。」她感覺祖母那有透視力的視線緊緊跟隨。

「這是第一個禮拜五，而妳竟然不去望彌撒。」瞎眼祖母說。

蜜娜從廁所出來，給自己倒了一杯咖啡，然後挨著灰泥牆門邊，在瞎眼祖母的身邊坐下來。但是她喝不下咖啡。

「都是妳害的。」她嘟囔，語帶無聲的怨恨，她感覺淚水淹沒了自己。

「妳在哭。」瞎眼祖母驚呼。

她把澆花壺放在奧勒岡葉盆栽旁邊，接著走到庭院，嘴巴不停叨唸：

「妳在哭。」

蜜娜把咖啡杯放在地上，接著站了起來。

「我氣哭了。」她說。當她經過祖母旁邊時又說：「妳要去告解，都是妳害我錯過第一個禮拜五的領聖餐。」

瞎眼祖母動也不動，她等待蜜娜關上臥室的門。接著，她走向走廊盡頭。她彎下腰，雙手摸索，直到找到那杯沒碰過的咖啡。她把咖啡倒回陶鍋，嘴巴念念有辭：

「天主知道我的良心是安寧的。」

蜜娜的母親從臥室出來。

「妳在跟誰說話？」她問。

子啦。」

「沒跟誰說話。」瞎眼祖母說。「我不跟妳說過，我快變成瘋

蜜娜把自己關在房裡，她鬆開束胸，拿出用別針圈在一起的三把小鑰匙。她拿著其中一把打開衣櫃的下層抽屜，拉出裡面的小木頭衣箱。她用另外一把鑰匙打開衣箱。裡面有一包彩色信箋，上面綁著一條彈性緞帶。她把信籤塞進束胸，將衣箱塞回原處，再次鎖好抽屜。接著，她到廁所去，把信籤扔進茅坑。

「妳趕不上彌撒了。」母親對她說。

「她不能去。」瞎眼祖母插話。「我忘了今天是第一個禮拜五，昨天太晚洗袖子。」

「袖子還是溼的。」蜜娜嘟囔。

「她最近忙著工作。」瞎眼祖母說。

「我得在復活節交一百五十打玫瑰。」蜜娜說。

太陽一大早就烤曬大地。不到七點，蜜娜的假花工作坊已經在客廳開張：一個塞滿花瓣和鐵絲的籃子，一箱縐紋紙，兩把剪刀，一捲線，以及一瓶膠水。半晌過後，蒂妮姐腋下夾著她的紙盒來到，問起她怎麼沒去望彌撒。

「我沒有袖子。」蜜娜說。

「任何人都可以借給妳呀。」蒂妮姐說。

她搬來一張椅子，坐在花瓣籃旁邊。

「我來不及趕到。」蜜娜說。

她完成一朵玫瑰。接著，她在籃子邊，拿起剪刀捲花瓣。蒂妮姐把盒子放在地上，準備幫忙。

蜜娜看著那個盒子。

「妳買了鞋子嗎？」她問。

「那是死老鼠。」蒂妮妲說。

蒂妮妲有一雙捲花瓣的巧手，蜜娜便專心將一根根鐵絲莖桿包上綠紙。他們默默工作，一點也沒有注意陽光已照進掛著田園風光畫和家族照片的客廳。蜜娜完成莖桿後，轉過臉看蒂妮妲，露出看似難以形容的表情。蒂妮妲捲花瓣的動作乾淨俐落，僅僅移動指尖，雙腿併攏在一起。蒂妮妲迴避她的視線，她沒抬起頭，雙腳輕輕往後踩，停下手上的工作。

「怎麼了？」她說。

蜜娜俯向她。

「他走了。」她說。

蒂妮妲鬆開剪刀，放在膝上。

「不會吧。」

「他走了。」蜜娜再說一次。

蒂妮妲眼睛眨也不眨，看著她。一道垂直的皺紋分開了她連在一起的眉毛。

「那現在呢？」她問。

蜜娜回答的語氣沒有一絲顫抖。

「現在什麼都沒了。」

十點前，蒂妮妲打算離開。

蜜娜卸下心事後，留了她一會兒，準備把死老鼠丟進茅坑裡。瞎眼祖母正在修剪玫瑰叢。

「妳不知道我拿的這個盒子裡面裝什麼吧。」蜜娜經過她身邊時說。

她搖了搖老鼠，發出響聲。

瞎眼祖母豎起耳朵。

「再搖一次。」她說。

蜜娜再重複一遍動作，可是瞎眼祖母聽了三次，食指壓住耳垂，還是無法分辨裡面的東西。

「是昨晚掉進教堂捕鼠器的老鼠。」

回來時，她經過瞎眼祖母身邊沒有說話。但是瞎眼祖母跟在她後面。蜜娜抵達客廳後，一個人待在關上的窗戶旁邊，準備完成她的假花。

「蜜娜。」瞎眼祖母說。「如果妳想要幸福，就別信任陌生人。」

蜜娜看著她，沒有說話。瞎眼祖母在她面前的椅子坐下來，想幫忙她的工作。不過蜜娜不讓她動手。

「妳緊張兮兮的。」瞎眼祖母說。

「都是妳害的。」蜜娜說。

「妳為什麼不去望彌撒。」瞎眼祖母問。

「妳比誰都清楚是為什麼。」

「如果真是袖子問題，妳怎麼還會特地出門。」瞎眼祖母說。「八成是路上有個人在等妳，惹得妳不開心。」

蜜娜伸出雙手拂過祖母的眼前，恍若擦拭一面看不見的玻璃。

「妳真是料事如神。」她說。

「妳今天早上去了廁所兩次。」瞎眼祖母說。「平常妳頂多去一次。」

蜜娜繼續做玫瑰。

「能不能讓我看看妳藏什麼在衣櫃的抽屜裡？」瞎眼祖母問。

蜜娜不疾不徐，把玫瑰插在窗框，從束胸掏出那三把小鑰匙，放到瞎眼祖母的手裡。她合上祖母的手指。

「妳親眼去看看吧。」她說。

瞎眼祖母用指尖摸了摸鑰匙。

「我的眼睛看不到茅坑下面有什麼。」

蜜娜抬起頭，這時一種不同的感覺升起：她感覺瞎眼祖母知道自己正在看她。

「妳那麼想知道我的事，就跳到茅坑下面去看。」她說。

瞎眼祖母對她的打斷舉動充耳不聞。

「妳總是在床上寫信到凌晨。」她說。

「妳關燈了呀。」蜜娜說。

「但妳馬上就打開手電筒。」瞎眼祖母說。「我從妳的呼吸，可以猜出妳在寫什麼。」

蜜娜費了好一番功夫要自己別慌張。

「好吧。」她說，沒抬起頭。「如果真是那樣，又有什麼關係？」

「沒什麼關係。」瞎眼祖母回答。「只是害妳錯過第一個禮拜五的領聖餐。」

蜜娜雙手收起一團線、剪刀，以及一把莖桿和幾朵沒完工的玫瑰。她把全部都放進籃子裡，然後轉過臉看瞎眼祖母。

「那麼妳想要我告訴妳，我去廁所做什麼？」她問。她們兩個僵持不下，直到蜜娜回答自己的問題，「我去大便。」

瞎眼祖母把三把鑰匙丟到籃子裡。

「這真是個好藉口。」她一邊嘟囔一邊走向廚房。「妳本來能說服我的，偏偏讓我聽見妳這輩子第一次講這麼粗俗的話。」

蜜娜的母親扛了幾束帶刺的玫瑰，從走廊的另外一頭走了過來。

「發生什麼事？」她問。

「我瘋了。」瞎眼祖母說。「可是，只要還沒人對我丟石頭，你們是不會把我送去瘋人院的。」

一九六二年

格蘭德大媽的葬禮

Los funerales de la Mamá Grande

全世界的不信者聽好，這是格蘭德大媽的真實故事，她是馬康多疆土至高無上的女皇，在世統治長達九十二年，九月的一個禮拜二，她擁著盛名離世，教宗親自出席她的葬禮。

此刻，飽受震撼的國內恢復了平靜；此刻，聖哈辛托的風笛手、瓜希拉的走私販、錫努河畔的米販、瓜卡馬亞爾的賣春女、西埃爾佩的巫師，以及阿拉卡塔卡的蕉農，都在筋疲力竭的守夜過後，架起他們的帳篷準備休息，在這場堪稱史上最盛大的葬禮上，共和國總統跟他的部長，和所有代表公共權力和超自然力量的人士，都重拾平靜，重新掌控情勢；此刻，教宗已然身心靈升天，而在馬康多變得寸步難行，因為來參加葬禮的群眾留下了空酒瓶、菸蒂、啃過的骨頭、罐頭、破布和糞便；此刻，是搬張凳子到臨街大門口的時間，然後趕在歷史學者到之前，從頭細細講起這場震驚全國的事件。

十四個禮拜前，格蘭德大媽在熬過數不清多少個夜晚的敷劑、熟石膏和拔罐治療，飽受垂死掙扎中發癲的折磨後，叫人扶她坐在她那張老舊的籐編搖椅上，講述她的遺願。這是她在嚥下最後一口氣之前的要求。這天早上，藉由安東尼奧．伊沙貝爾神父協助，她清算了靈魂舊帳，接下來只剩下和九位姪輩安排她的家產，他們是她的共同繼承人，在她的床邊徹夜看護。即將百歲的高齡神父在房間自言自語。他們一共派出十個男人把他抬上來到格蘭德大媽的寢室，因此決定讓神父待在房間裡，以免抬他下去後，又得在臨終時刻抬他上來。

尼卡諾爾在姪輩中年紀最長，他體型高大，是個大老粗，穿一身卡其服，一雙帶馬刺的靴子，襯衫裡面藏著一把三八口徑的長管左輪手槍，此刻正去找公證人。這是一幢兩層樓的大宅，空氣中瀰漫糖蜜和奧勒岡葉的氣味，幽暗的寢室裡堆滿衣箱，和化為塵土的家族四代累積下來的雜物，從前一個禮拜開始，屋子不再有活動，所有人都守著這一刻的來臨。在那條深不見盡頭的中央走廊上，每逢八月令人昏昏欲睡的禮拜天，牆上的鐵鉤總吊著剝皮豬隻和血淋淋的鹿，此刻只有工人擠在一起睡在鹽袋和農具上，等著替牲口上鞍座的命令，準備到遼闊無邊的牧場發布噩耗。其他家族成員待在大廳。女人們為了遺產和守夜，個個臉色蒼白，氣血虧虛，她們一身深黑，彷彿套上一層層無以計數的喪服。以格蘭德大媽為首的母系家族相當封閉，她用聖禮的柵欄圈住她的財富和姓氏，在這個柵欄內，叔伯娶姪甥孫女，表堂兄弟娶姨姑，她的兄弟娶她的妯娌，直到形成一個錯綜複雜的血親脈絡，繁衍子孫變成一個惡性循環。

只有她最小的外甥女瑪格達蓮娜得以逃離柵欄；她飽受幻覺驚嚇，讓安東尼奧．伊沙貝爾神父進行驅魔，剃光頭髮，拋下世間的榮耀富貴，遁入宗座監牧區的修道院。除了正式的家室外，家族男性成員還假借赦免權，在牧場、畜棚、農舍撒種，留下私生子孫，他們沒有姓氏，以尋求保護和投靠的名義成為家族奴僕，接受格蘭德大媽的寵愛或保護。

死亡的逼近再次帶來勞心費神的等待。垂死的病人一生習於眾人的崇敬和聽命，如今嗓門雖不及房間內的風琴低音響亮，仍能傳到牧場的最偏遠角落。沒有人對這個死亡漠不關心。格蘭德大媽在這個世紀一直是馬康多的重心，一如過去她的兄弟、她的父母，和她雙親的父母，在整整兩個世紀享有至高無上的地位。這座村莊是以他們的姓氏建造。沒有人知道他們祖產的來源、數目和真正的價值，但是每個人都習於相信格蘭德大媽掌控活水和死水，下雨和求雨，鄰近道路、電報桿、閏年、炎熱，此外她從先祖繼承攸關生死和牧場的權利。當她在屋子陽臺上坐下來喝杯午後涼飲時，身體的重量和掌握的權勢都壓在那張老舊的籐編搖椅上，她似乎真的坐擁無限的財富和權力，是世界上最具錢財和權力的女族長。

除了格蘭德大媽的家族和她自己，誰都沒想到她也會死，而且她受安東尼奧・伊沙貝爾神父在年事已高時的預言折磨。但是她相信她會如同外祖母活過百歲，而她的外祖母曾在一八七五年戰爭堅守在牧場的廚房裡，對抗奧雷里亞諾・波恩地亞上校的一支游擊隊。只是在這一年四月，格蘭德大媽明白了在正大光明的征戰中，天主之於死亡並不會對一幫擁護聯邦的共濟會成員特別寬容。

在疼痛折磨的第一個禮拜，家族醫生開了白芥子敷劑，並要她穿上羊毛襪，目的只在安撫她。他出身醫生家庭，曾在蒙彼利埃獲獎，因為哲學信仰而反對科學的進步，格蘭德大媽特地給予他特權，阻止其他醫生在馬康多開業。有一段時間，他騎馬訪遍村莊，探望日落西山後愁苦的病人，並在天性的驅使下成為無數別人家孩子的生父。但是他因為關節炎而關節僵硬，最後躺在吊床上不再出診，只透過假設、聽聞和口信方式看病。他應格蘭德大媽的要求，穿著睡衣、拄著拐杖，穿過了廣場，守在病人的臥室。直到這一刻，他才明白格蘭德大媽燈枯油盡，他叫人拿來一個箱子和其他的陶瓷藥罐，整整三個禮拜，用盡各種天然敷劑、神奇糖漿、強效栓劑，將垂死病人從裡而外反覆治療。之後，他在病人疼痛部位敷上煙燻的蟾蜍，在兩側腎臟位置敷上水蛭，直到那天凌晨，他不得不面對兩難困境：是該請理髮師放血？還是請安東尼奧・伊沙貝爾神父來驅魔？

尼卡諾爾派人找來神父。他手下最身強體壯的十個男人將神父從家中帶到格蘭德大媽的臥室，讓他坐在她那個嘎吱作響的籐編搖椅上，頭頂上是每逢隆重場合而使用的、已經發霉的頂篷。溫和的九月黎明，臨終聖餐的鈴響，是對馬康多居民的第一個通知。太陽出來後，格蘭德大媽大宅對面的小廣場彷彿成了露天市集。

這教人勾起來自另一個時代的回憶。七十大壽以前，格蘭德大媽總是以熱鬧非凡的馬拉松市集替自己慶生，至今依然令人記憶猶新。她派人擺上裝燒酒的細頸大酒瓶供村民享用，在公共廣場上獻祭牲畜，一支樂隊站在桌上不間斷地演奏三天。布滿灰塵的扁桃樹下，在本世紀初的第一個禮拜曾有奧雷里亞諾・波恩地亞上校的軍隊紮營，在生日期間聚集小吃攤，有馬沙托酸飲、小圓麵包、血腸、炸五花肉、肉餃、香腸、肉餡餅、奶酪麵包、玉米麵包、炸餅、玉米餅、千層餅、臘腸、牛雜湯、椰子糖、甘蔗汁，其中夾雜各式各樣的小玩意兒、雜貨、便宜貨、廚房器具，以及鬥雞和樂透遊戲。在駢肩雜遝的人群中，還有人兜售印上格蘭德大媽圖像的卡片和吊墜項鍊。

慶祝通常提前兩天開始，到生日當天以響徹雲霄的煙火，和在格蘭德大媽大宅舉辦的家族舞會畫下句點。精挑細選的貴賓與合法身分的家族成員，受到私生子孫群的竭力侍奉，他們隨著老舊的自動鋼琴搭配流行紙卷的樂聲起舞，格蘭德大媽在大廳盡頭主持宴會，她坐在一個放著亞麻布枕頭的扶手椅上，伸出右手下達低調的指令，那隻手的每根指頭都戴滿戒指。她會點鴛鴦譜，有時和戀愛中的男女套好，但幾乎都以靈感媒合，七十大壽那一晚，她撮合了幾對隔年締結的婚姻。最後在結束慶祝時，格蘭德大媽出現在結著彩帶和懸掛紙燈籠的陽臺上，往人群撒下錢幣。

這個傳統後來中斷，一方面是家族連逢喪事，一方面是近年政治局勢不穩。新一代的子孫從未親臨，只聽聞過昔日壯觀的慶祝場面。他們無福見到格蘭德大媽望彌撒，一旁陪著一個政府官員給她搧風，享有不必下跪的特權，甚至是在舉揚聖體的時刻，以免她絆到那條荷葉邊裙子和漿過的波浪褶邊襯裙。老一代的人記得那長達兩百公尺、從大宅鋪設直達主聖壇的席子，彷彿憶起青春年少時的一幅幻想畫面。瑪莉亞・德羅莎里歐・卡斯塔聶達・蒙特羅參加她父親葬禮的那天下午，沿著街道返家，整個人煥然一新，散發搶眼的尊貴氣息，因為她在二十二歲這一年成為格蘭德大媽。那幅彷彿中世紀遙遠的畫面，不只是家族的過往，也是國家的過往。格蘭德大媽的身影越來越縹緲和遙遠，炎熱的午後，她幾乎不再出現在那個長滿茂密天竺葵的陽臺上，她消失在她自己的傳奇中。她的權力透過尼卡諾爾行使。依照傳統，有個秘而不宣的承諾，那就是格蘭德大媽以火漆封住她的遺囑的那一天，多位繼承人將下令舉辦連續三晚的公開慶祝活動。但同時也聽說，她已經決定要等到死前的最後幾個小時，才要立遺囑，沒有人真以為格蘭德大媽會死。只是那天凌晨，馬康多的居民被抹油聖禮的搖鈴聲驚醒，他們才相信格蘭德大媽不但會死，而且正在死去。

她的時辰到了。女族長躺在亞麻布床上，耳朵以下用蘆薈溼敷，頭上方懸掛布滿灰塵的紗布頂篷，胸脯下的微弱呼吸幾乎難以察覺。格蘭德大媽直到五十歲都一直婉拒熱情的追求者，但是她與生俱來獨自撫育所有後世子孫的能耐，臨終前仍是處女之身，身後無子女。到了抹油聖禮時刻，安東尼奧．伊沙貝爾神父不得不請人幫忙在格蘭德大媽的掌心抹油，因為她從垂死開始一直握緊著拳頭。外甥女和姪女群之間的明爭暗鬥只是幫倒忙。第一次發生爭吵的那個禮拜，奄奄一息的格蘭德大媽把她那隻綴滿繁星寶石的手放在她的胸口，用那褪色的眼神盯著她們看，接著說：「搶匪。」接著她看向一身儀式服的安東尼奧．伊沙貝爾神父和拿著聖器的侍祭，用平靜的聲音嘟囔一句：「我快要死了。」這時，她摘下大鑽石戒指，交給最小的繼承人瑪格達蓮娜修女。那是一項傳統的結束：瑪格達蓮娜為了教會，放棄了她的遺產。

天色破曉時，格蘭德大媽要求眾人留她跟尼卡諾爾獨處，她想交付最後的指示。她盡己所能地打起精神，花了整整半個小時，聽取生意的狀況。她特別交代遺體該如何處理，最後指引守靈事項。「你得要張大眼睛。」她說。「把每樣有價值的東西都鎖好，因為有很多人別有居心，來守靈其實是想偷東西。」片刻過後，她和神父獨處，做完費力、誠實和詳細的告解，之後在眾外甥和外甥女與姪子和姪女的陪伴下領取聖餐。她在這時要求讓她坐在籐編搖椅上，表露她的最後心願。

尼卡諾爾已經備妥鉅細靡遺的財產清單，一共二十四張，以相當工整的字體書寫。格蘭德大媽平靜地呼吸，在醫生和安東尼奧．伊沙貝爾神父的見證下，對公證人口述她的產業清單，那是她的偉蹟和權勢唯一且最可靠的來源。根據殖民時期的《皇室敕令》，她的有形祖產實際上只有三塊地，隨著時間推移，再透過一樁樁錯綜複雜的策略婚姻，現在全累積在格蘭德大媽的名下。這片閒置的土地沒有確切的邊界，一共包含五個城鎮，地主倚賴三百五十二名佃戶繳租過活，連一顆種子也從未親手播種過。格蘭德大媽每年在她的受洗日的前一天，總會實行唯一的宣示主權行動，阻止國家拿回土地：也就是收取租金。她坐在家中內廊上，親自收取在她的土地居住權的租金，一如在長達一個多世紀以來，她的祖先的祖先也這麼收取佃戶繳納的租金。完成收租要花上三天，院子裡擠滿了豬隻、火雞、母雞，以及充作什一稅和實物稅以禮物名義送達的土地所產出的第一批瓜果。事實上，那是她的家族從擁有那片荒地開始唯一收下的農獲，面積粗估約有十萬公頃。可是隨著歷史變遷，在土地邊界內的馬康多區，包括為首城鎮在內的六座村莊不斷地成長與繁榮，房屋的居民卻只有地面以上的有形財產權，因為土地屬於格蘭德大媽，他們需要向她繳納租金，政府使用她的土地做為人民的街道，也一樣要繳納。

在小村莊的附近，散布一群數量從未計算和疏於照顧的動物，在牠們的後肢烙有一個掛鎖圖形。這個家族相傳的鐵烙印在遙遠的省分廣為人知，但不是因為牲口數量龐大，而是因為亂無秩序，夏天有一部分快渴死的牲畜會到那裡，而這是家族傳奇最可信的證據之一。因為某些沒有人能解釋的緣故，格蘭德大媽的大宅所涵蓋的那些寬廣的畜舍，在最後一場內戰後被慢慢清空。最後裡面改成放置搾糖機、擠奶柵欄，和一臺稻米脫粒機的空間。

除了清點過的內容，遺囑還包含獨立戰爭時期埋在家中某個角落的三罐古金幣，但是經過定期又費力地挖掘始終沒有找到。除了繼續利用出租的土地權利，收取什一稅和實物稅以及各種令人驚嘆的禮品之外，繼承人還收到一張經過一代代製作、每一代都再三琢磨的藍圖，以利後人找到掩埋的寶藏。

格蘭德大媽花了三個小時仔細交代了人世的各種事項。在悶熱的臥室中，垂死的女主人的嗓音似乎替細數的每件事增添了高貴的氣息。她烙下她潦草的簽名，接在她的簽名底下的是見證者的簽名，一陣神秘的震顫，撼動了開始聚集在大宅前扁桃樹樹蔭下的群眾的心。

這一刻，只剩下無形的精神遺產還須一一交代。格蘭德大媽使勁全力挺直身子——一如她的先祖在臨終前，為了在子孫面前展現他們的主宰地位所使出的力氣，巨大的臀部坐在床上，以具有威嚴又不失誠心的聲音，放任自己在記憶中遊走，然後開始向公證人口述她的無形遺產清單：

地底的沃土，地上的水源，旗子的顏色，國家主權，傳統黨派，人權，公民自由，首席法官，第二份請願書，第三場辯論，介紹信，歷史證據，自由選舉，選美皇后，重要演說，盛大示威遊行，名門淑媛，正直紳士，令人敬仰的軍人，尊貴的閣下，最高法庭，禁止進口的物品，開放的淑女，肉品問題，語言純淨，世界典範，法律秩序，可信賴的自由派報紙，南美雅典，公眾意見，民主選舉，基督教道德觀，外匯短缺，庇護權利，共產黨的危險，國家主體，生命的昂貴代價，共和傳統，弱勢階層，支持的信息。

她沒來得及講完。這樣費力勞心地一路細數，奪走了她的最後一絲氣息。她淹沒在一大片抽象的語句中，全是她的家族在過去兩個世紀為權勢所做的道德辯護，格蘭德大媽發出一聲響亮的打嗝，然後斷了氣息。

這天下午，遙遠陰暗的首都居民在報紙的特別號頭版，看見一個二十歲女子的肖像，還以為那是新出爐的選美皇后。格蘭德大媽藉著照片短暫重返青春時光，那是一張經過緊急修整後放大到四個欄位大小的照片，那頭豐盈的秀髮用一把象牙篦櫛梳攏在頭頂固定，然後戴著一頂冠狀頭飾和一圈蕾絲環狀領。這幅影像是世紀初一個路經馬康多的街頭攝影師捕捉，由報紙存檔了許多年，一直放在未知人物分區，如今注定繼續留在未來世代的記憶中。在老舊的公共汽車上，在政府部門的電梯裡，在白色壁紙的昏暗茶廳內，人們帶著崇拜和敬重的語氣低聲談論，這位在瘧疾肆虐和天氣炎熱地區的權勢人士已經溘然長逝，不過幾個小時前，在報紙還沒將她神化之前，她在國內其他地區根本默默無名。綿綿細雨淋在行人身上，他們臉色發青，流露猶疑。所有教堂都敲起喪鐘。共和國總統在軍校生畢業典禮上發言時驚聞死訊，便在電報的背面親手寫上留言，建議戰爭部長在他的演講最後，以一分鐘默哀紀念格蘭德大媽。

她的去世也引起社會秩序的盪漾。共和國總統在他的座車裡，彷彿透過濾鏡看見了市民的哀傷，那只是匆匆一瞥，但令他驚訝的是盤踞城內的無聲沮喪。只有幾間小咖啡館還開門營業，而主教座堂已經準備迎接連續九天的葬禮。國會大廈裡面還燈火通明，乞丐裹著紙張，睡在那些多立克式圓柱和安靜的歷任已故總統雕像下。總統踏進他的辦公室時，看見整個首都都在服喪而激動不已，他的部長一身塔夫綢西裝等著他，他們站立著，比平時更為嚴肅和蒼白。

那一晚和接下來幾晚的事件，後來被定義為一次歷史教訓。政府較高權位者不只受到基督徒精神啟發，也因為自我犧牲協調了不同利益和對立意見，達成了安葬高貴遺體的共識。多年以來，格蘭德大媽擔保了社會和平，以及她的帝國與國家和睦相處，靠的是三大箱偽造的選票，而那也是她的秘密遺產之一。她家中的男僕，受她庇護的人和佃戶，成年和未成年的，不只能行使他們自己的投票權，也能行使整個世紀內有選舉權的往生者的投票權。她是凌駕於政權輪替之上的傳統權威，是平民之上的統治階級，是凡間智慧之上的上天智慧。在歌舞昇平的時期，她主宰接受或不接受教士的職位、俸祿以及閒職，她看顧夥伴的福利，如果有必要，利用爭吵手段或選舉舞弊也在所不惜。在風雨飄搖時期，格蘭德大媽秘密籌組自己的武裝游擊隊，公開搭救她的受害人。這種愛國情操讓她贏得了最高榮耀。

共和國總統不需要尋求他的顧問團隊，也能衡量她的分量。總統府的大廳和充作車庫給總督使用的石磚地小院子之間，有一個深色柏樹的內院，在殖民時代末期，曾有一位葡萄牙修士在院子裡上吊殉情。總統每次在日落之後經過這裡，總忍不住微微發抖，雖然他的身邊有一群吵鬧的授勳文官武將。但是這一晚，他除了發抖，還有一股強烈的預感。這時他清楚感覺到他在歷史中的命運，於是他頒布了全國哀悼九天的命令，追頒格蘭德大媽榮譽勳章，把她歸為在戰場上為國犧牲的女英豪。他在那天凌晨，透過國家廣播和電視網，對著全國同胞發表激昂演說，表達他的決定，首席法官也信誓旦旦地說，格蘭德大媽的葬禮將是世界的新典範。

然而，如此高規格的企圖想必會遇到重重阻礙。國家的法律系統是格蘭德大媽的先祖在遙遠的時代所建立，並不適用於此刻面臨的重大事件。精通法令的學者，和懂法律的煉金術士鑽研闡釋學和三段論法，尋找可以讓共和國總統參與葬禮的妙方。政治、教會以及財政的高層，過了好幾天雞飛狗跳的日子。寬敞的半圓形國會廳堂，長達一個世紀充滿抽象的法律，如今在國家名人顯貴畫像和希臘思想家的半身像之間，緬想格蘭德大媽已達到無庸置疑的比例，而在馬康多炎熱的九月天，她的遺體已經充滿了氣體並開始腫脹。這是第一次談起她時，她不是坐在籐編搖椅上，不是在下午兩點的酣睡中，和敷著白芥子敷劑，她經過傳說的洗滌，看起來純淨而沒有年紀。

時間彷彿永無止盡，滿天的話語、話語和話語，裹上了聲望，透過印刷的字體放送，在全國迴盪，直到在那個冷漠的法律專家齊聚的立法機構，有個具有現實感的人打斷了眾人繼續談論歷史，提醒他們格蘭德大媽的遺體還在四十度的陰涼處等待決定。而在純然成文法的環境氛圍中，所有人對這種基於基本常識的打斷都面不改色。

他們下令替遺體塗抹香料防腐，同時繼續尋找妙方，他們妥協看法，或修改憲法，好讓共和國總統參加葬禮。

他們滔滔不絕，這些話語越過了邊界，橫渡了海洋，像某種預感穿過教宗在岡多菲堡的房間。教宗在窗邊，凝視潛水夫在湖中尋找被砍頭的年輕女孩。最近幾個禮拜，晚報只聚焦一件事，教宗對報上談論的惡人離他的夏日別墅這麼近無法視若無睹。但是這一天下午，報紙把可能受害的女子照片撤下，臨時換上另一張二十歲女子的獨照，上面被標記一種喪禮用的黑縐布。「格蘭德大媽。」教宗驚呼，他瞬間認出了那張模糊的銀版照片，那是遠在他登上聖伯多祿王座的許多年以前的一次場合，有人給他的。「格蘭德大媽。」樞機團的成員在他私人的房間裡齊聲驚叫，這是二十個世紀以來第三次，在這個沒有疆界的基督教世界，出現驚慌失措、情緒激動，和倉皇奔跑的畫面，整整一個小時，直到教宗搭上他那艘長型的黑色貢多拉小船，前往遠方格蘭德大媽荒誕的葬禮。

一座座在陽光下發亮的水蜜桃園沿途遠去，亞壁古道上，有金髮電影女演員在露臺上曬太陽，但是還沒有令人不安的消息傳來，接著經過的是臺伯河的水平那方聖天使城堡高聳的陰暗輪廓。暮色降臨，聖伯多祿大殿兩座籠罩在暗影裡的迴廊，和馬康多龜裂的銅色暗影合併在一起。教宗在他悶熱的遮篷內，當航經隔開羅馬帝國與格蘭德大媽的牲口邊界的錯綜複雜運河和靜謐沼澤，整夜聽見猴群在人群經過時騷動的吵鬧聲。教宗搭乘的小船在夜間航行的沿途，逐漸塞滿了一袋袋的木薯、綠蕉串，一籠籠的母雞，以及丟下日常工作的男女信眾，他們想試試運氣，在格蘭德大媽葬禮上賣東西賺點錢。這一晚，教宗成為教會史上受到蚊子糾纏和折磨而發燒的第一人。但是在格蘭德大媽地盤上空的絢麗黎明、鳳仙花和鬣蜥盤踞的原始風光，一掃他記憶裡的舟車勞頓，也彌補了他的犧牲。

尼卡諾爾被三次敲門聲叫醒，有人通知教宗即將抵達。死亡已經占領這棟大宅。總統的一連串急迫的演講，引起議員狂熱爭辯，他們嗓子啞了之後，依然繼續透過慣用的記號溝通，來自全世界的人群和天主教團體不插手他們的事，只是占滿了昏暗的長廊、擁擠的通道、悶熱的閣樓，而姍姍來遲的人爬上了樓堡、防禦圍牆、崗樓、屋頂以及突廊。格蘭德大媽的遺體經過防腐處理，此刻躺在前廳裡，正等著小山似的混亂電報做出偉大的決定。九位姪子外甥哭到累癱，他們在遺體旁守夜的同時，也嚴密監控著彼此。

這個世界還需要小心翼翼地等待好幾天。在市議會的大廳裡，配有四張皮革凳子、一個濾水甕缸、一個牛蒡編織的吊床，教宗度過汗流浹背的失眠夜晚，他靠著閱讀請願書和行政命令打發漫長的悶熱夜晚。白天時間，他向靠來窗邊看他的小孩發送義大利的糖果，和安東尼奧．伊沙貝爾神父在百合水仙棚架下共進午餐，偶爾對象換成尼卡諾爾。就這樣，他在等待和炙熱中，度過彷彿永無止盡的幾個禮拜，之後延長成為幾個月，直到帕斯特拉納教士帶著他的小鼓出現在廣場中央，宣讀公告上的決定。在一片噠噠鼓聲和混亂中，這一份公序良俗宣布共和國總統具有特權參加格蘭德大媽的葬禮，噠噠咚，噠噠咚，咚咚，咚咚。

這個大日子來臨了。大街小巷擠滿輪盤遊戲、炸物小吃攤和彩券桌，脖子纏著蛇的男人吆喝著治療丹毒的特效藥膏並保證永生不死。而小廣場上一片混亂，群眾架起他們的涼棚，攤開他們的席子，英俊瀟灑的侍從清出一條路給政府官員。大家都在等待最重要的一刻到來，聖豪爾赫河的洗衣婦、維拉海岬的漁夫、謝納加市的漁人、塔沙赫拉的捕蝦人、莫哈那的巫師、馬瑙雷的鹽礦工、巴耶杜帕爾的手風琴手、阿亞佩爾的馴馬師、聖佩拉約的木瓜農、拉奎瓦的鬥雞飼主、玻利瓦爾省大草原臨時參與者，雷波羅的遊手好閒之輩、馬格達萊納河的划槳手、蒙波斯的訟棍，此外還有在這個紀事一開始就陸續提到的人，以及其他更多的人。連奧雷里亞諾．波恩地亞上校的老兵也放下對格蘭德大媽和她那幫人的百年積怨，由馬爾博羅公爵帶頭參加葬禮，好請求共和國總統發放他們已等待六十年的內戰退伍金。

接近十一點時，被豔陽曬得奄奄一息的激動大眾，發出高聲的愉快歡呼，但是他們被一群穿軍服和戴圓盔的、面無表情的菁英游擊隊員擋著。共和國總統和他的大臣，議會、最高法院、國務委員會官員，個個穿戴禮服和大禮帽，顯得合乎禮儀而隆重，而傳統黨派，教士，銀行、商會和工業代表出現在轉角的電報處。共和國總統頂上無毛，身材肥胖，是個生病的老人，當他經過時，民眾目瞪口呆，他們選他當總統卻無福認識他，此刻終於能證實他真實存在。國家首席法官散發無庸置疑的權力光環，一旁是在大陣仗的全體神職人員間筋疲力竭的大主教，另一旁則是厚實的、前胸戴滿勛章的軍人。

另一方面，在行經的一片平靜黑色縐紗中，有一排歷任與未來的國家佳麗，她們代表國家的所有產物。她們第一次褪下凡世的亮麗外表，走在環球小姐前面的有芒果小姐、南瓜小姐、白木薯小姐、紅心芭樂小姐、水椰小姐、黑眉豆小姐、四百二十六公里長串蜥蜴蛋小姐，其他的全部省略，以免這篇紀事怎麼也無法結束。

格蘭德大媽戴著紫紅色項鍊躺在她的棺材裡，她與現實世界之間隔著八面銅欄杆，這時她在長眠許久後的身體已經腫脹，難以想像她到底有多麼偉大。所有她熱得無法成眠時在大宅陽臺上夢想的榮耀，都在光榮的四十八小時之內實現，所有當代的象徵性人物都向她的一生獻上敬意。至於教宗，格蘭德大媽在精神錯亂之際，曾想像教宗搭乘一輛金光閃閃的馬車，懸浮在梵蒂岡花園的上空，此刻他拿著編織棕櫚扇驅趕酷熱，以他最崇高的尊嚴，在全世界最盛大的葬禮上親自獻上敬意。

民眾對這權貴雲集的一幕看得出神，沒有注意屋脊上吵鬧的拍翅聲，各路名人在爭辯達成共識後，幾個比較有名的人一肩扛起靈柩抬到街上。沒人看見一片黑壓壓的黑美洲鷲，虎視眈眈地沿著馬康多曬得發燙的小巷子，跟在抬棺隊伍的後面，也沒人發現名人路經的地方，慢慢彌漫起一股垃圾的惡臭。沒人注意遺體一抬出去之後，格蘭德大媽的姪甥輩、教子、僕人以及受庇護者們，立刻關上大門，然後拆卸大門，移除門板，開挖地基，瓜分屋子。在這一場驚天動地的葬禮中，每個人唯一注意的，是十四天來的祈禱、狂熱的讚美頌揚，以及隨著鉛板封墓之後，大眾如釋重負，發出震耳欲聾的一聲嘆息。有些比較有判斷力的在場人士明白，他們參與的是一個新時代的誕生。此刻，教宗完成了他在人間的任務，終於可以全心全意準備升天，共和國總統終於可以依照他優秀的標準坐下來治理國家，那些歷任和未來的選美皇后終於可以嫁人、過著幸福的日子，並孕育許多孩子。

大眾終於可以忠於自己的想法，在格蘭德大媽這一片無邊無際的地盤上，架起他們的帳篷，因為唯一反對而且有權力辦到的人已經在那塊鉛板下面開始腐爛。此刻，只差有個人拿出板凳靠在門邊，述說這個故事，做為未來幾代子孫的教訓和前車之鑑，所有在這個世界上的不信者，都聽說了格蘭德大媽的消息，明天禮拜三，清潔夫會來掃除葬禮的垃圾，直到永生永世。

一九六二年

國家圖書館出版品預行編目資料

格蘭德大媽的葬禮 / 加布列．賈西亞．馬奎斯作；
葉淑吟譯. -- 初版. -- 臺北市：皇冠，2022.06
面；公分. --（皇冠叢書；第5031種）(CLASSIC;117)
譯自：Los funerales de la Mamá Grande

ISBN 978-957-33-3901-4（平裝）

885.7357　　111008466

皇冠叢書第5031種
CLASSIC 117
格蘭德大媽的葬禮
Los funerales de la Mamá Grande

作　者—加布列．賈西亞．馬奎斯
譯　者—葉淑吟
發 行 人—平雲
出版發行—皇冠文化出版有限公司
台北市敦化北路120巷50號
電話◎02-27168888
郵撥帳號◎15261516號
皇冠出版社(香港)有限公司
香港銅鑼灣道180號百樂商業中心
19字樓1903室
電話◎2529-1778　傳真◎2527-0904
總 編 輯—許婷婷
責任編輯—蔡維鋼
行銷企劃—許瑄文
美術設計—BIANCO TSAI、黃鳳君
著作完成日期—1962年
初版一刷日期—2022年06月

法律顧問—王惠光律師

讀者服務傳真專線◎02-27150507
電腦編號◎044117
ISBN◎978-957-33-3901-4
Printed in Taiwan
本書定價◎新台幣350元/港幣117元